Nos Encontraremos Novamente:

Romance Contemporâneo em Português

Tears of love

"Se não te lembrares da mais pequena loucura em que o amor te fez cair, não amaste." -William Shakespeare

Índice

Índice

Prefácio
Capítulo 1
Capítulo 2
Capítulo 3
Capítulo 4
Capítulo 5
Capítulo 6
Capítulo 7
Capítulo 8
Capítulo 9
Capítulo 10
Capítulo 11
Capítulo 12
Capítulo 13
Capítulo 14
Capítulo 15
Capítulo 16
Capítulo 17
Capítulo 18
Capítulo 19
Capítulo 20
Capítulo 21
Capítulo 22
Capítulo 23
Capítulo 24
Capítulo 2 5
Capítulo 26
Capítulo 27
Capítulo 28
Capítulo 29

Prefácio

Como posso esquecer aqueles Verões de 1994, quando James, com 13 anos, e eu, com 10, brincávamos nas águas perto dos pântanos de Houma, no Louisiana. Era a minha pequena cidade natal, mas não a dele, pois ele costumava ir todos os Verões de férias com o bisavô que lá vivia, o Sr. Sam Marshall Ford, uma das pessoas mais ricas dos Estados Unidos na altura. O seu bisavô vivia numa mansão nos arredores da pequena cidade, imersa no bosque e rodeada de belos jardins, o que contrastava um pouco com a classe baixa do lugar. James foi sempre proibido pela mãe de sair para se encontrar e brincar com rapazes da sua idade, pois não havia ninguém da sua idade económica. Saía sempre com as suas duas "amas" para todo o lado e isso sempre o irritou.

Conheci-o por acaso numa sexta-feira de Agosto de 1993, à porta da Oaklawn Middle School, porque não prestei atenção ao atravessar a rua. O seu carro de luxo conduzido por um dos seus criados quase me atropelou. Como poderia esquecer aquela cena, dois homens muito bem vestidos saíram do carro e, a seguir, saiu o homenzinho elegantemente vestido; muito bonito, tenho de admitir. Os dois homens adultos aproximaram-se primeiro de mim e perguntaram-me se eu estava bem, eu estava obviamente no chão e com medo de quase morrer ali, mas levantei-me rapidamente por causa dos olhares dos meus colegas do primeiro ano do liceu, e lembro-me de dizer: "Eu estava bem, a culpa foi minha".

Antes de eu sair, o rapaz bonito perguntou com uma voz típica de milionário, um pouco arrogante, mas com um toque de honestidade: "Se quiseres, podes ir à mansão, aquela no cimo da floresta". Não me lembro exactamente do que respondi, mas acho que disse "sim" para me livrar do seu olhar que me deixava nervosa, e depois disse-me que me levariam a minha casa nesse dia, com o que concordei. O resto é história.

O pouco daqueles dois verões que vivemos juntos como amigos, tenho que confessar que me apaixonei por James Marshall, ele era tão bonito, tinha algo irresistível que me dava borboletas no estômago. Mas, nunca lhe confessei o meu amor, não sei, tinha sempre medo que ele me chamasse feia ou simplesmente me rejeitasse. Ele tinha quase 14 anos e eu quase 11, mas eu parecia ter 8. Brincávamos sempre, mas no fundo eu tinha ciúmes quando ele me falava das raparigas de que gostava na sua escola em Nova Iorque. O que é que eu podia aspirar: crescer em Houma e casar, o que é típico para a maioria das raparigas. Eu não tinha muito para oferecer, além de que não era suficientemente bonita para me dizer "queres ser meu namorado", mas ele era sempre simpático para mim e o único amigo que eu tinha.

O James sempre me tratou como um amiguinho, algo que eu sinceramente detestava, queria que ele sentisse o mesmo que eu; amor. Aquele Verão de 1994 foi o último Verão em que o vi, o bisavô dele morreu e ele nunca mais voltou, isso magoou-me a alma, e a partir daí sempre achei que ele nunca levou a nossa amizade a sério. Ele já devia ser maior de idade quando eu tinha 16 anos e podia ter vindo à minha procura: mas nunca o fez. Quando fiz 18 anos, estava a mudar-me para Nova Iorque, porque a minha mãe tinha morrido dois anos antes e eu não tinha nada para fazer naquela cidade. A única família que tinha era uma tia no South Bronx, em Nova Iorque. Sempre me entusiasmou a ideia de seguir uma carreira e de ser alguém na vida, como a minha mãe sempre me disse. Mas quando tinha 18 anos, tudo se desmoronou, os meus sonhos foram interrompidos, tinha de trabalhar ou então não comia. A minha tia sempre me tratou mal, talvez por causa da sua idade avançada e das suas doenças, mas ainda lhe agradeço por aqueles anos de posada.

Os anos passaram longe de Houma, eu já não era uma adolescente, era uma mulher. Tinha 24 anos quando conheci o Louis; o meu primeiro namorado, um pouco tarde, mas ele apareceu, tinha 28 anos e tornámo-nos muito amigos. Depois a relação intensificou-se e casei-me com ele em 2006. Continuei a viver no bairro mais perigoso de Nova Iorque, o Bronx, com tudo o que isso implica; não podíamos aspirar a mais. Vivi com o Louis durante dois anos antes de decidir ter um filho e, no final de Agosto, engravidei, mas o infortúnio visitou-nos uma manhã... grávida de seis meses, um agente chegou ao hospital onde eu trabalhava na lavandaria e deu-me a triste notícia de que o meu querido Louis tinha morrido num acidente na oficina de reparação de scooters onde trabalhava. Um elevador hidráulico tinha caído em cima dele e tinha-o matado. Foi uma coisa terrível... Passei aquela passagem de ano sozinha com o meu bebé na barriga e a chorar, foi um dos momentos mais solitários da minha vida, comparável ao momento em que perdi a minha mãe. Nunca conheci o meu pai, por isso não posso dizer muito sobre ele. Embora o Louis não fosse o amor da minha vida, eu amava-o muito e fiquei muito triste com a sua perda. Ele era sempre simpático comigo e era quem estava lá para mim, apoiando-me quando eu não tinha nada. Sempre disse que o primeiro amor é insuperável, é aquele que nos faz vibrar por quem sentimos um sentimento inexplicável, apesar de poucos acabarem por viver juntos.

Despedi-me do meu emprego no hospital, pois era-me impossível pagar o transporte devido à distância. Também já não podia pagar a renda de mais de 1000 dólares que costumávamos pagar. Por isso, arranjei uma casa com o básico, na parte mais perigosa do South Bronx, porque não podia pagar mais. Não tinha formação para algo melhor e estava à espera de um bebé; era impossível. Por isso, arranjei um emprego mal pago num bufete de comida italiana na Arthur Avenue e Belmont, a Little Italy do Bronx.

Com cinco meses de gravidez e dores, juntamente com um trabalho exigente como empregada de mesa, chegava a casa exausta e com o ânimo em baixo. Cada manhã cedo era uma batalha a ultrapassar, mas fazia-o pela minha bebé, já não era por mim, era por ela. Naquela altura da minha vida, só queria ter o meu bebé e mudar-me para outro estado ou para uma cidade mais barata. Quero confessar que Nova Iorque é uma das cidades mais caras para alguém que vive como mãe solteira, grávida e sem instrução.

Mas o destino tinha algo especial reservado para Harriet.

Baseado numa história verídica e com um final inesperado.

Capítulo 1

Era apenas mais um dia para Harriet no bar buffet Romanos, na Little Avenue, no Bronx. Não havia muitos clientes, pelo que se dava ao luxo de pensar, mas sem descurar os poucos comensais espalhados pelo pequeno espaço. O barulho atrás de si, vindo da cozinha, dos cozinheiros, combinava com o ambiente. Trabalhava no turno da tarde há não mais de quatro meses, porque de manhã trabalhava num café. Foi o seu amigo Thomas, de 45 anos, solteiro e cozinheiro, que lhe arranjou este emprego. Aceitou-o porque vivia perto da sua casa, no sul do Bronx, e, obviamente, era mais seguro apanhar o autocarro das 23 horas com companhia.

Às 22h35 a porta abriu-se, o seu olhar foi desviado para o elegante e bonito cavalheiro que passava entre mesas e olhares, mas no fundo era uma coisa "má" para ela pois estava quase na hora de acabar o seu turno, e ter de atender outro cliente e esperar que ele acabasse era bastante incómodo. No entanto, olhando para ele com desconfiança, era um pouco estranho que aquele homem bonito, tão bem vestido da cabeça aos pés, chegasse a um sítio como este, um local de classe baixa e exclusivo para trabalhadores. Para dizer a verdade, não era muito comum, durante todo o ano, ver alguém assim àquela hora, e ainda mais porque ele parecia um pouco amargo para um homem tão jovem, talvez com 31 anos. Ele passou por ela e chegou ao balcão onde estavam os bancos, e por uns momentos ela ficou paralisada, depois, como era seu dever, levantou-se e foi servi-lo ao balcão.

Quando o olhou na cara, franziu o sobrolho: não era um cliente habitual, mas era-lhe demasiado familiar, talvez de memória, mas não havia tempo para isso.

- Posso ajudar-vos em alguma coisa? - perguntou ela com uma voz fraca.

O homem fingiu não ouvir e pegou numa pequena sobremesa do bar à sua frente.

Por um momento, desejou ter ido para o trabalho nesse mesmo dia deslumbrante e bem arranjada, pois estava horrível; com o cabelo quebradiço e zero de feminilidade, nada parecida com a Harriet de há doze meses. O facto é que este homem era a fantasia de qualquer um, mas bem, não era algo que ele quisesse, quero dizer, por causa da sua cara marcada pela raiva. Apesar do dia exaustivo, Harriet queria saber, por curiosidade, quem era aquele tipo que tinha algo para o qual não conseguia parar de olhar. Como o homem a ignorou, ela continuou o seu trabalho. Alguns minutos depois, estava a limpar algumas mesas nas costas do homem, quando de repente a sua mente vagueou e se lembrou de quem era o cavalheiro sexy de gravata e fato de milionário. Era o mesmo: James Marshall, o seu "amigo" pré-adolescente, o mais bonito nas suas palavras, o mesmo que ela conhecera em Houma.

- Acho que não é sítio para bebidas alcoólicas... mas não faria mal nenhum tomar um café forte, minha senhora", disse ele enquanto olhava para o local vazio e provava um pastel por volta das 22:50h.

Harriet estava um pouco apressada porque estava quase a fechar a loja e desejava que o seu amigo de infância fosse embora e ao mesmo tempo não fosse. - Eu levo-o agora", sussurrou.

Com um sorriso indulgente, ela foi para a cozinha, mas no fundo; furiosa por ser chamada de senhora, e pior ainda com um olhar de indiferença, sem que ele lhe desse pelo menos um sinal de atracção.

Enquanto preparava a bebida, comentou para si própria: "Todos estes anos fizeram de James Marshall o homem mais sexy do mundo e de mim a mais horrível. Mas o que mais a irritava era o facto de ele não a reconhecer. Continuava tão indiferente como quando ela era jovem, e nunca lhe mostrou qualquer sinal de atracção. E pior, nem sequer tentava lembrar-se dela. Quando voltou para ir buscar o café, quase o entornou de propósito, fazendo com que o irado James se zangasse com ele.

- Estou a ver que estar grávida torna as mulheres rabugentas", murmurou, enquanto olhava para a sua barriga inchada.

Ela fez uma cara triste e respondeu:

- O erro foi meu, mas isso também não lhe dá o direito de ter feito esse comentário.

Com olhos maliciosos, respondeu: "Tenho muita experiência com empregadas de mesa, e sei que foi de propósito, não foi muito simpático, de qualquer modo, não importa.

- Há mais alguma coisa? - acrescentou Harriet.

- Um pastel de uva.

A pele de Harriet ficou arrepiada, pois em criança era a sobremesa preferida de James fora da mansão, e o mesmo sabor de que ela se tinha afeiçoado ao longo dos anos.

Minutos depois, ela trouxe-lha.

- Não se parece com o bolo que o meu bisavô me fazia", comentou vagamente. - Mas é bom.

Capítulo 2

Harriet acenou indiferentemente com a cabeça para si própria.

O rosto de James mostrava que a vida o tinha tratado muito, muito bem, até parecia mais jovem do que Harriet, obviamente, não tinha tido de trabalhar sete dias por semana nem de passar por situações económicas precárias.

Harriet serviu-lhe outra fatia. Eram já onze da noite, a maior parte das pessoas já estava a ir embora... ela estava, de certa forma, entusiasmada por voltar a vê-lo, mas, por outro lado, estava exausta com a gravidez; queria ir-se embora, mas tinha de esperar, por causa das regras do negócio. Ela estava a limpar algumas mesas nas traseiras quando acabou o último gole de café, James virou-se e disse ironicamente:

- É melhor vires sentar-te, não é bom exagerar no trabalho, digo isto por causa da tua gravidez, um marido não deve deixar a sua rainha nesse estado trabalhar assim, normalmente há abortos espontâneos por causa disso. E ainda para mais quase às 12 horas da noite. - depois virou-se de novo e terminou o resto do prato.

Como ela não respondeu, James voltou a perguntar:

- Desculpe se fui rude, mas vejo que não é casado, pois não? Quer dizer, não está a usar aliança, e quem é que deixa a mulher trabalhar assim?

Harriet ficou surpreendida com o comentário directo. Enquanto ouvia "indiferente", acabava de pendurar o avental num bengaleiro. E, ao mesmo tempo, sentiu-se desconfortável e ruborizada pelo seu olhar penetrante que a observava de perfil.

- Não sou casada", respondeu com algum pesar.

De repente, Thomas, o único cozinheiro que restava, gritou da cozinha para Harriet.

- Daqui a 15 minutos fechamos, meu amigo.

Estava um pouco ansiosa, queria dizer-lhe, de alguma forma, que não era casada, que o marido tinha falecido recentemente, mas, em suma, achava que ele não tinha nada a ver com isso. Estava a fechar a caixa quando olhou para cima e percebeu que o cavalheiro estava a olhar para ela e sentiu-se morrer por dentro. Ficou um pouco envergonhada, não ao extremo, mas como era o amor da sua vida, ficou como um tomate. Mas, por orgulho de mulher, não baixou os olhos e continuou a olhar para ele: "Como é possível que ele não se lembre de mim, será que estou tão horrível que nem uma facção de mim se lembra? - gritava ela na sua mente.

De alguma forma, ele detestava que ela tivesse criado durante tantos anos, à noite, momentos românticos com ele nos seus sonhos, e ele nem sequer se lembrasse dela. Mas, para sua surpresa, ele disse-lhe de repente:

- Parece-me familiar, mas não me lembro do nome da aldeia, mmm....

Ela interrompeu-o e disse hesitantemente:

- Dez, quinze anos, não sei quantos anos passaram, mas se fores o James Marshall lembras-te dos nossos passeios pelo pântano, na mansão da montanha, pelos bosques em Houma?

Ele fez uma cara de surpresa e franziu o sobrolho enquanto olhava para cima tentando lembrar-se, certo de que tinha gostado de tantos sítios de que nem se lembrava.

- Tinha-me esquecido dela..., o que aconteceu é que passei as férias em tantos sítios e esqueci-me dessa aldeia.

- Depois, o seu olhar caiu sobre ela e exclamou:

- A criança Harry, como é que eu não me lembrava da tua cara sardenta...! Mas agora que te vejo melhor, Harriet Brown, parece que perdeste algumas sardas.

Harriet olhou para a caixa enquanto fechava alguns compartimentos e, nesse momento, imaginou que talvez os sonhos de James fossem os seus próprios sonhos.

Depois refutou, tentando parecer confiante - e o que é que o pequeno James Marshall está a fazer a meio da noite num lugar para mercenários, e com cara de poucos amigos? Quer dizer, tu não gostavas desses lugares, tanto quanto me lembro.

- É uma longa história, mas surpreendeu-me muito, Harriet, ao engravidar a meio da noite, não acha?

- Nem todos nós nascemos num berço de ouro, James", respondeu sarcasticamente.

- E o marido? - comentou ela enquanto limpava os lábios com uma toalha.

Nervosa, atirou algumas moedas para o chão e preparou-se para lhe contar tudo sobre a sua vida, mas antes de levantar a voz, James disse num tom estranho - deixa-me adivinhar; és solteira, estás com sorte, não gostavas de casar?

- O quê? - disse ela, um pouco perdida na conversa.

- Não achas que é bom que todos os bebés tenham segurança e um apelido? disse ela enquanto passava um pouco de água.

- Isso não vai acontecer tão cedo", respondeu com alguma convicção.

Ele levantou-se e encarou-a do outro lado da caixa.

Comentou um pouco insegura e melancólica - Olha James, não te quero contar a minha vida, éramos amigos, mas isso é passado, e acho que não tens o direito de me questionar agora... Desculpa, mas, mesmo assim, foi muito bom ver-te depois de não sei, mais de uma década, acho eu. Às vezes é bom ver velhos amigos. Mas se já acabaram, acho que vamos fechar. - disse enquanto se dirigia ao bar para pegar na chávena e no pires e levá-los para a cozinha. Thomas, o cozinheiro, já estava lá fora a fumar um cigarro, pronto para fechar a loja. James sacou de duas notas de cem dólares e colocou-as em cima do balcão.

- São apenas 20 dlls James, não é preciso pagar mais.

- Guardem-nas para vocês", disse ele.

- Mas não os posso aceitar.

- Não te preocupes, é uma prenda.

Quando Harriet finalmente as pegou, ele pegou-lhe na mão e perguntou: "Quer que a leve a casa? A esta hora, não achas que é perigoso andar por aí?

Sentiu uma descarga de adrenalina e um fogo no estômago e, durante segundos, ficou com a língua presa, sem saber o que dizer enquanto o seu olhar estava a centímetros do dele. Ele provocava-a tanto, mesmo depois de mais de 15 anos. -Ela afastou a mão, um pouco perturbada pela emoção de sentir a pele dele. Ela pressentiu que ele estava a tramar alguma coisa, porque propor-lhe algo assim, agora que ela tinha um aspecto tão pouco feminino, era invulgar.

- Bem, se não aceitar a minha oferta, deixe-me fazer-lhe uma proposta, acho que estou com sorte se a aceitar. Procurei tanto e não encontrei um candidato perfeito.

Harriet acenou com a cabeça, com um ar incrédulo no rosto.

- Um acordo comigo, do que é que estás a falar?

Capítulo 3

- Vejo que vai dar à luz em breve e, sem trabalhar, não creio que seja fácil. Não gostaria de estar com o bebé todo o dia, sem ter de trabalhar e sem ter de se preocupar com as despesas?

Ela não o deixou terminar e perguntou-lhe em tom de brincadeira, enquanto se esforçava por não corar:

- Que banco é que vamos assaltar?

- Ele disse sem pensar, - para ser Harriet Marshall, ou seja, para casar comigo.

- Com alguma gaguez, ele zombou: "Casar contigo? Estás a brincar comigo? Continuas a fazer as tuas brincadeiras de adolescente.

Ele disse sem rodeios - não estou a brincar, estou a falar a sério, não costumo brincar com estas coisas.

Embora, pensando bem, Harriet já não se parecesse em nada com o James imaturo do passado, parecia agora bastante maduro em todos os aspectos, mas parecia de alguma forma deslocado, ela queria acreditar, mas no fundo tinha um palpite. Mas, se ele não estava drogado ou bêbedo, era provavelmente uma brincadeira, por isso achou melhor alinhar, se fosse uma brincadeira, e não alimentar esperanças tolas.

De seguida, revelou imediatamente:

- Isto não tem a ver com amor... certamente que reparou na raiva na minha cara, bem, sim, estou em pulgas, digo-lhe porquê mais tarde. Então o que dizes, aceitas o meu acordo? Olha, não terás de te preocupar com nada nos próximos 7 meses depois de dares à luz. A contar de agora em diante, se aceitares o meu acordo. Terás dinheiro e tudo o que quiseres, só tens de aceitar.

- Não sei, Tiago, deixámos de nos ver durante muito tempo e tu, não sei se mudaste, e isto é mais um joguinho teu, pelo que vejo. E se não se trata de amor, como tu obviamente dizes, que papel teria eu no casamento? - Ela disse, um pouco resignada, que devido ao seu estado de saúde era impossível que ele a notasse realmente feia e com o peso a mais que ela sentia.

- Porquê eu, James? - refutou - o que é que eu tenho de especial, os teus círculos milionários não são suficientes para encontrar uma mulher falsa, ou precisas de uma cobaia? Não estou a perceber.

- Tu és igualzinho ao pequeno Harry", assegurou-lhe ela, "olha, se casares comigo, não terei de me cuidar se eles escolherem por mim. E acho que acertei no jackpot ao passar por aqui - vinha de um bar, passei por acaso, não hesitei e, por acaso da vida, encontrei-te - e não pensei; escolhi-te.

- James, mas já passaram demasiados anos para voltares a confiar em mim. Mesmo que tenha sido um casamento falso, continuo a não saber os teus motivos.

- Conheci-te muito bem em 1994, Harriet, e mulheres como tu nunca mudam, são inegáveis.

Ela corou e baixou o olhar enquanto juntava as mãos nervosamente.

- Ouvi em Nova Iorque que a tua mãe tinha morrido e procurei-te, mas já tinhas saído de Houma, lamento.

Ela não disse nada e ficou pensativa sobre todos os momentos a que se estava a agarrar do passado.

- Mas não te preocupes, Harriet, não precisas de saber porquê, apenas que estou com pressa de me casar, e tu conheces-me: nunca te faria mal, e tu ganharias, não trabalharias durante um ano, seria tudo por minha causa.

- Dá-me um dia para pensar", disse ela, enquanto no fundo estava aterrorizada com a decisão dele, mas se fosse verdade, era algo que cairia como maná do céu, dadas as circunstâncias por que estava a passar.

- Acho que é perfeito, se tu o dizes, vou ficar bem, vai ser uma notícia fantástica, acho eu, quando contar à minha mãe", murmurou para si próprio. - Amanhã, estarei aqui à mesma hora, pensa nisso, pode ser a tua melhor decisão, Harriet, não terás de ficar acordada toda a noite e, o melhor de tudo, poderás desfrutar do teu bebé.

"Desse ponto de vista, a oferta dele não é assim tão má", disse para si própria, "não trabalhar durante meses e não pagar renda, que belo sonho!

- Está bem, espero por ti amanhã", disse ela enquanto desligava as luzes da frente e se preparava para sair.

Os dois saíram juntos, ele à frente deles até ao seu carro de luxo, um Mercedes de último modelo.

- Pensa nisso, meu amigo, seria óptimo ajudar-te e tu ajudares-me.

Ela acenou com a cabeça, pensando que era tudo um jogo de James, enquanto se dirigia para o seu amigo Thomas, que a esperava a caminho da avenida onde esperariam por um táxi ou camião com destino a South Bronx.

E quem era aquele tipo bonito que parecia um actor de cinema? - perguntou o Tomás enquanto olhava para o carro que desaparecia ao longe.

Capítulo 4

- Um velho amigo", respondeu ela, olhando fixamente para os carros que passavam a toda a velocidade pela avenida. - O nome dele é James Marshall, conheci-o na minha juventude.

- O quê? Ainda és jovem, velho eu.

- Não tentes consolar-me, Tomás, sabes muito bem que pareço quarentona com este balão na barriga.

- Não digas disparates. Porque é que nunca me falaste dele antes?

- Não creio que tenha sido importante.

- E o que é que este milionário estava a fazer aqui?

- Não vais acreditar no que te vou dizer, mas, por alguma razão estranha que nem eu sei ainda, quer dizer, se ele não está a brincar, apesar de estar a falar muito a sério, ele quer que eu case com ele.

- Bem, não sei o que te dizer, mas se já o conheces, é um ponto a teu favor, e além disso, se for verdade, embora ele ainda não explique porquê, qualquer mulher com esse tipo iria sem pensar duas vezes, e além disso, ele paga-te pelo que me estás a dizer... acertaste no jackpot!

- Sim, mas...

- E se ele realmente te ama.

- Não digas asneiras, Thomas, viste-o? É lindo! Nunca olharia para alguém como eu.

- Porque não? És linda.

Ela riu-se enquanto o abraçava.

- Provavelmente estava a brincar.

- Os homens nunca brincam sobre isso como amigos.

- Eu sei, mas conhecendo-o, acho que foi uma brincadeira, de certeza que ele não vem amanhã como me disse. Além disso, se fosse verdade, ele é milionário, sabes? Milionário, pode ter qualquer modelo do mundo e pagar-lhe, mesmo que seja falsa.

Mas gosta ou não gosta?

Ela ficou em silêncio durante alguns segundos, enquanto a sua pele se agitava com emoções contraditórias, como quando era uma menina.

- Há muitos anos atrás ele foi o amor da minha vida, mas éramos adolescentes, acabou... além disso, a minha oportunidade foi-se quando casei e olha para mim, engravidei, nenhum homem quer o filho de outro homem, bem, isso era o que a minha avó me dizia.

- Bem, as vezes que olhei para ti com o teu marido Louis, perdoa-me, mas nunca te vi apaixonada... perdoa-me, mas...

Fingiu que não ouviu e fez sinal: "Vamos Tomás, vem aí o nosso camião".

Harriet apercebeu-se de que Thomas, o seu amigo, tinha razão: embora amasse muito o marido, sempre sentiu que faltava alguma coisa, sempre sentiu um vazio na relação deles. Talvez essa coisa a que chamam amor fosse realmente o que estava a faltar. Por vezes, os beijos e as provas de afecto não são amor, são simplesmente gratidão.

- Pensa bem", disse o amigo, "estas oportunidades só aparecem uma vez.

Depois subiram as escadas e, pelo caminho, não falaram mais no assunto.

Capítulo 5

Entretanto, James descia a Avenida East Side a toda a velocidade em direcção à sua mansão em Tribeca, a zona mais exclusiva de Manhattan, amaldiçoando o avô por lhe ter dado tanto trabalho e querer que ele vivesse o que viveu quando era jovem: escolher uma mulher, apenas para receber o seu empório de negócios de mais de 200 mil milhões de dólares. E ele esperava que Harriet aceitasse. O que o incomodava era o facto de a mãe já ter uma candidata que, provavelmente, só quereria os seus milhões. Mas o joguinho da mãe não iria vingar, pois ela logo lhe diria que iria se casar com uma garçonete de um bar de buffet.

Nos semáforos vermelhos, James perguntava-se como teria sido a vida de Harriet nos últimos 15 anos. Porque grávida aos 26 anos e sem um homem ao seu lado, era mais do que óbvio que tinha falhado e tinha sido abandonada. Obviamente, ela não conhecia os bastidores de toda a história. Chegou à mansão do avô, perto de Tribeca, a um quarteirão de distância da sua residência, mas um dos chaveiros disse-lhe que ele tinha saído com a mãe e a ex-noiva dela, Juliette Braker, uma conhecida modelo local e garimpeira.

De manhã cedo, Harriet levantou-se, não para ir trabalhar de manhã, mas para se pôr bonita para o seu segundo emprego da tarde. Não podia dar-se ao luxo de voltar a ficar toda comilona, por isso pôs aloé vera em todo o corpo e depois preparou-se com a melhor maquilhagem para o trabalho, um pouco estranha e excêntrica, mas não podia dar-se ao luxo de se envergonhar perante o seu "futuro marido". Maquilhou-se um pouco demais nas olheiras e nas maçãs do rosto rechonchudas, embora o seu rosto fosse exótico e bonito quando se olhava bem para ele, uma daquelas belezas raras que andam por aí. À uma hora da tarde, para ir trabalhar, olhou para o espelho e disse para si mesma: "Menina, como é possível que o Tiago queira casar consigo, mesmo que seja com mentiras e vergonha? Se assim for, sinto-me lisonjeada", sussurrou, enquanto andava de um lado para o outro e olhava para o seu corpo roliço. Embora no fundo não tivesse a certeza de que fosse verdade aceitar, mas algo dentro de si lhe dizia que era a melhor opção, para que o seu bebé crescesse sem dificuldades e ela não tivesse de sofrer demasiado, por causa de tantas noites mal dormidas e por deixar o filho com estranhos que não o tratariam bem.

Passaram horas no bar do buffet da Avenida Little Italy e James não apareceu. No fundo, Harriet sentia-se desiludida e uma parte da sua alma desejava que tudo fosse verdade, mas sabia que só podia sonhar, porque ninguém anda por aí a consertar os sonhos dos outros, e esta proposta era demasiado incrível para ser real. A única solução para o seu futuro sombrio imediato era continuar como estava; continuar a trabalhar tanto de manhã como à noite.

Na quinta-feira, uma hora antes da hora de fecho do bar do restaurante, um luxuoso Roll Royce de último modelo estava estacionado à porta do bar, e um homem com um porte muito elegante estava a sair do mesmo, depois entrou e deu uma rápida vista de olhos pelo local, que, para sua surpresa, estava bastante cheio. Demorou alguns segundos a encontrar Harriet a ocupar uma mesa nas traseiras. Ela reparou nele e quase entornou um copo de chá em cima de um dos clientes. Ele, sem a menor delicadeza, no meio do cliente disse - ei, posso dar uma palavrinha?

Ela fez uma cara de irritada e murmurou: "James, agora não, já tenho muito trabalho para fazer. - Depois, dirigiu-se apressadamente para a cozinha, sob os olhares de espanto de alguns dos comensais, e ele seguiu-a, dando a impressão, por vezes, de que era o seu assistente. A certa altura, ela reparou nele e virou-se, quase colidindo com ele ao travar, enquanto ele a travava para que ela não caísse com todos os pratos e tudo. Ela corou..., ele reparou como Harriet parecia magra nos seus braços, e até disse: "Uau! Pensava que tinhas engordado, mas vejo que só....

- James, vais fazer-me gozar, estou muito ocupada, não estou com disposição para jogos. - disse ela um pouco irritada, fingindo não ter ouvido o que ele disse.

- Com licença, eu só quero...

- Ouve, não tenho tempo, o novo director... não gosta muito de mim, se me vê a falar contigo, posso até ser despedido.

- Harriet, esqueceste-te de quem eu sou? Podia comprar esta avenida toda se quisesse. Vim porque quero falar sobre o nosso acordo, o nosso casamento. - disse ela, sorrindo com ternura.

- Ah, esqueci-me", disse ele satiricamente, "o teu pequeno jogo, pensou para si próprio.

- Senta-te ali, podes comer o que quiseres, vou trazer-te um chá gelado. - disse ela com indiferença, enquanto corria para trás e para a frente entre as mesas. James não teve outra alternativa senão esperar durante uns longos vinte minutos, enquanto saboreava com relutância os morangos e as natas e observava a azáfama e o trabalho árduo do seu amigo de longa data.

É certo que a família de James estava encostada à parede, embora o pai da sua mãe, o Sr. Hermes Marshall, já estivesse um pouco doente, mas tinha imposto ao seu único neto que antes de o tornar no único herdeiro e presidente responsável por todo o conglomerado de empresas que constituíam o Grupo Marshal, tinha de cumprir dois passos: um, casar legalmente e conceber um filho. Infelizmente, James, devido à sua natureza de gigolô, cumprir esta regra era complicado, mas aos 31 anos já se tinha decidido, mas não queria casar com alguém orgulhoso e pedante que só queria o seu dinheiro, pelo que encontrar a sua velha amiga Harriet era uma panaceia, ouro moído, porque já a conhecia e sabia que ela não estava interessada, embora também não sentisse a mínima atracção física por ela. Sabia, sem dúvida, que era a altura certa para o fazer, porque, embora não quisesse casar, sabia que o avô já estava muito doente e podia partir a qualquer momento, e toda a imensa fortuna para a qual tanto trabalhara iria cair nas mãos de estranhos que não saberiam como a gerir. A mulher idealizada pela mãe para James era a família Launder, uma das mais sociáveis de Nova Iorque. E, embora fosse Julieth quem andava atrás dos ossos de James, este já não a aceitava depois de saber que ela tinha feito um acordo com o avô para andar com ele e o seduzir, obviamente por uma quantia razoável.

A verdade é que Tiago já era um perito em negócios e na sua conta já havia mais de 50 milhões, mas não o fazia tanto pelo dinheiro, fazia-o para que a empresa não passasse para as mãos de terceiros, que era o que o avô faria se ele não cumprisse as suas ordens. E era algo que o casal trataria imediatamente.

Parte de Harriet resistia, mas a outra parte queria concordar, por todos os benefícios que isso traria e mais ainda pela segurança do bebé. James estava informal nesse dia, mas demasiado refinado para a maioria que usava um uniforme de carteiro ou de funcionário.

- Não o digas, Harriet", sussurrou ele enquanto ela se aproximava da mesa, "devia ter pedido o teu número e avisar-te, mas vou ser sincero, só passei por esta avenida algumas vezes e perdi-me em todas as lojas, espero que a minha justificação seja válida. - disse ele. Enquanto esfregava o seu cabelo liso e bonito com um pouco de arrogância.

Ela não se apercebeu da primeira vez, mas a forma como ele estava vestido e o penteado que usava esta noite faziam-no parecer tão irresistível que até as duas empregadas de mesa do local estavam a babar-se. O facto inegável era que Harriet estava sob um feitiço, não conseguia bloquear os seus sentimentos por James, e isso enfurecia-a por dentro.

- Pensei que nunca mais voltavas e acho que o meu amigo Thomas tinha razão.

- Sobre o quê? - exclamou ele.

- Sobre como os homens não costumam brincar com as namoradas sobre jogos de casamento.

- É verdade", disse ele enquanto tirava um documento do casaco e era o acordo pré-nupcial. - Dêem uma vista de olhos e digam-me do que não gostam.

- Ei James, a sério? Ainda não te disse que me vou casar. Uau, isso é espantoso, de certeza que não há nenhuma câmara a gravar-me", disse ela incrédula enquanto se virava para o exterior do restaurante através do vidro.

- Claro que não! Sra. Harriet.

- Não me chame senhora, faz-me sentir como se tivesse cinquenta anos e eu sei que sou mais nova do que você, mas pareceria que sou sua mãe.

Riram-se os dois durante alguns segundos, depois ela fez uma pausa, admirada, num ponto do contrato pré-nupcial.

- Está a brincar com a quantia de dinheiro do acordo.

-O que leu está correcto.

- Mas, isto é mais do que eu ganharia em meio ano de trabalho e vocês dão-mo por um mês. Que loucura!

- Ujum", acenou James passivamente.

- Ok, James, pelo que percebi, caso contigo e recebo 10.000 dólares todos os meses e... mais nada? Quero dizer, basta assinar o papel e pronto.

- Isso mesmo, menina.

- Mas diz-me, quanto tempo tenho de estar legalmente ligado a ti, quanto tempo seria isso?

- Não sei, o que for preciso.

- Porquê tanto secretismo, não gosto de coisas assim, digam-me a razão de tanto mistério.

- Bem, se quiserem, vou dizer-vos uma coisa... conheciam o meu bisavô pelo menos de nome, certo? Bem, provavelmente já ouviram falar do consórcio de empresas Marshall Refineries Energy.

Eu sabia que a tua família tinha uma empresa de energia, mas não pensei que fosse dona de uma multinacional.

- De facto, o consórcio multimilionário é propriedade do meu avô.

- Não pode ser", disse ela, um pouco estupefacta.

- O que se passa Harriet? Estás bem?

- Um acidente rodoviário com um transporte Marshall matou um amigo.

- O quê? - James disse enquanto levava as mãos à cara e olhava para ela em choque.

- O teu amigo não era o Lucas, pois não?

Ela ficou chocada com esta revelação - caramba, como é que sabias?

- Sou responsável por tudo, embora ainda não tome as decisões no Conselho. Lamento imenso, acreditem. Vou indemnizar a sua família, sei que a responsabilidade era do Grupo Marshall. - disse ele, apontando para a morada que Harriet lhe tinha dado.

- Como bem sabem, preciso de me casar, é uma regra do meu avô que já está doente, e é a única maneira de a empresa não passar para mãos privadas, que nada têm a ver com a nossa família.

Ela acenou com a cabeça e gritou que até alguns dos comensais se voltaram - OK, aceito. - Parece haver lógica no vosso acordo, mas quero avisar-vos, nada de jogos infantis e nada de batota.

- O que é que achas? - exclamou ele.

Harriet acabou por concordar, de uma forma bastante convincente, e tanto mais que, de certa forma, também seriam responsáveis pelo seu querido amigo.

- Quando dizes que vamos fazer o casamento", salientou Harriet, ele sorriu. A olhar para ela.

Imediatamente após o casamento, Harriet mudou-se para Seattle, Washington, para uma mansão à beira-mar, propriedade de James, que seria a sua nova casa, rodeada de belas áreas arborizadas, onde nunca imaginara viver.

Três meses depois, Harriet trazia no berço a pequena Fiorella, nome que deu à mãe. Tinha acabado de dar um longo passeio no campo, a ver as cerejeiras japonesas em flor que se espalhavam por todo o lado, por isso a bebé estava exausta, tinha brincado muito... depois adormeceu-a e colocou-a no berço: "Não seria bom se a vida fosse assim tão fácil para nós, princesa?

Ao terminar a frase, o som da campainha da porta alarmou-o, - "Aí não, minha querida, vão acordá-la" - disse para si próprio. E imediatamente passou do primeiro andar da mansão para o rés-do-chão. Quando abriu a porta, ficou atónita por um segundo, o que menos queria ver apareceu-lhe à frente dos olhos: o seu novo marido, James Marshall,

- Tu? - disse ela numa voz ofegante.

- Boo, sou um fantasma", brincou, com um sorriso de orelha a orelha.

Não se viam desde o casamento e isso foi há cerca de três meses e meio, o que significa que Harriet vivia sozinha naquela bela mansão à beira-mar, rodeada de belos jardins e de uma bela piscina, com todas as comodidades que se possa imaginar. Para não falar de um cozinheiro e de duas empregadas domésticas à noite e de manhã. O facto é que a mãe de Tiago ainda não a conhecia e era óbvio que não gostava da ideia de ser a mulher escolhida pelo filho. Pois isso estragava-lhe as intenções. Mas, apesar de tudo, os dez mil dólares chegaram a Harriet a tempo e horas, e isso deixou-a feliz.

- Obrigada pelos chocolates e pelo grande ramo de flores de tulipa, jovem James", agradeceu ela, tentando não corar de nervosismo. - E esse sorriso? - disse ela,

- Olha, eu não sou piroso se é isso que pensas.

- Não, James, de forma alguma, eu agradeço, é raro um marido não falar com a sua mulher, nem que seja por mensagem, em três meses e meio.

Ele riu-se momentaneamente - Sim, tem razão, Menina Sarcástica, especialmente sobre o nosso falso casamento.

- Ela sorriu enquanto olhava para os seus olhos azuis.

- Bem, mesmo que o nosso casamento seja falso, ver-te aqui, James, impressiona-me, o que esperavas? Vai em frente, a mansão é tua.

- E onde é que tu estavas? Deixaste-me intrigado", comentou ela, "provavelmente com as amigas", acrescentou enquanto abria mais os seus lindos olhos cor de mel atrás das costas e James avançava para a sala de estar.

Ele virou-se e olhou-a rapidamente da cabeça aos pés, por cima de um vestido vermelho que se ajustava à figura espectacular que ela ostentava depois daquela gravidez que a tinha tornado gorda.

- E o que é que acharam da minha residência? Eu disse-vos que era linda, olhem para aquele mar que se estende até ao horizonte, de certeza que o bebé adora passear nas manhãs de sol.

Harriet ficou com um sorriso no rosto quando James mencionou a sua filha. - Claro que a Fiorella está fascinada, por isso é que está a dormir neste momento. E o que posso dizer da vossa mansão, é como viver no céu, é linda. Não há um dia que passe que não veja o mar e as gaivotas na areia. E desculpe, esqueci-me de lhe oferecer uma coisa - disse ela um pouco nervosa - Vou buscar-lhe um chá, lembre-se, ainda sou empregada.

Capítulo 6

Ele observou-a atentamente enquanto ela percorria o longo corredor que conduzia à cozinha.

"Que bela mulher se tornou a Harriet, nada parecida com a que eu **conheci**", pensou enquanto tirava o fato e punha os pés em cima da mesa da sala. É típico dele. Harriet, por outro lado, estava fora de si de nervosismo, agora a Sra. Harriet Marshall não podia acreditar, por um momento quis que James se fosse embora, porque não sabia o que falar com ele se ficasse o dia todo. - pensou ela. Mas também estava um pouco nervosa com a visita, porque, segundo o contrato, ele podia anular o casamento e isso significava perder tudo outra vez, mas estava resignada ao facto de a pior parte já ter passado, por isso não importava. Porque, logicamente, ela não tinha feito muito para ser mulher de Marshall, excepto fazer os votos na igreja; "Aceito ser mulher de James Marshall. Ridículo. Mas ficar ali a fazer chá não seria a solução, ela tinha de sair e enfrentar o que fosse preciso.

James estava a dormir na sala de estar, como um adolescente, sem a típica pose perfeita quando alguém está pouco confiante, o que funcionou para ele. Ela disse para si própria, "oh meu Deus", e adormeceu nos dez minutos que demorei a fazê-lo, enquanto colocava as chávenas de chá numa grande mesa de vidro no meio da sala.

Ela sussurrou-lhe:

- O James trouxe-te um chá.

- Ele estava como um bebé completamente adormecido, ela olhou para ele e pensou: "Aí está, gostaria de o beijar, mas outra parte dela repreendeu-a: "O que se passa contigo, Harriet? não é altura de te apaixonares, isso não existe, pelo menos não como eu pensava.

Ela não queria fazer barulho e acordá-lo, pois ele tinha um ar tão terno e ela preferiu sentar-se em frente ao outro cadeirão até ele ter vontade de acordar. Isso tranquilizava-a um pouco, pois nenhum homem com más notícias adormeceria. Ali, à frente dele, lembrou-se dos dois Verões em que foram adolescentes e passaram muitas caminhadas nos bosques e pântanos de Houma e das histórias das suas viagens que James lhe contava. De alguma forma, tinha um nó na garganta só de pensar que o tempo tinha passado tão depressa e ela nunca o tinha beijado e sido sua namorada. Ele era um daqueles primeiros amores que nunca se esquece, e mais ainda a coragem de não ser o primeiro amor dela. Há sempre um que sofre e o outro não. E agora estava num pesadelo, o amor da sua vida casado com ela, mas num casamento falso e no casamento nem sequer eram acólitos, apenas ele e ela na enorme igreja de St.

Passou muito tempo e James começou finalmente a acordar, ainda sonolento. À sua frente, Harriet, a sua "mulher", estava deitada de costas numa poltrona ao fundo. Por um momento, teve vontade de acariciar o belo rosto daquela rapariga e lembrou-se da sua melhor amiga em Houma, a pequena Harriet. Ela virou-se e disse:

- Acordaste, acho que o teu chá arrefeceu.

- Por isso, eu aguento", disse um pouco sonolento.

- Mas o que está na chaleira já arrefeceu. Como esteve a dormir durante mais de uma hora, acho que vou ter de a aquecer.

Ela pegou na chaleira e dirigiu-se para a cozinha, e ele seguiu-a enquanto olhava para o belo corpo de Harriet no vestido de seda vermelho que lhe chegava aos joelhos.

- Uau", exclamou para si próprio enquanto olhava à sua volta, "esqueci-me que a casa não estava mobilada e faltam algumas coisas, não deviam ter-te mandado para cá. Mas está limpa como eu gosto. A mobília não tarda a chegar", acrescentou enquanto se dirigia para a cozinha e se aproximava de Harriet, que estava a aquecer o chá. Ela retirou-se abruptamente, algo que James não viu com bons olhos e que ficou patente durante segundos no seu rosto irritado.

- Com ou sem açúcar?

- Não é café. É chá e não gosto dele com açúcar, faz-nos envelhecer mais depressa", refutou. - E como é que a vida de Harriet a tem tratado nestes meses aqui junto ao mar?

- Nada mau", sorriu, enquanto balançava o bule.

- Queria ter vindo mais cedo, mas surgiram uns imprevistos na Europa, com a empresa, e tive de viajar de avião e a viagem demorou muito tempo... Pensei que ainda estivesses em Nova Iorque, dei ordens ao meu assistente para te levar ao meu apartamento em Nova Iorque e nunca imaginei que te daria essa opção. Foi por isso que demorei tanto tempo a contactar-te, não és parva, escolheste um dos meus lugares preferidos: sol, mar e belas nascentes.

- Estava bastante frio lá fora, e bem, a sua jovem assistente deu-me vários sítios para escolher, e bem, eu escolhi este... belo aqui. - murmurou ela, um pouco envergonhada.

- E as criadas? Não as vejo, acho que estão a chegar.

- Não se preocupe, eles continuam a vir. Lucas, o seu assistente, há alguns meses, quando me trouxe aqui, apresentou-me a eles e eles ajudaram-me muito, mas, como bem sabe, foi o que fiz como serviço, também participei.

Sorriu um pouco maliciosamente de onde estava encostado a uma mesa de mármore.

O facto é que James estava lentamente a começar a sentir uma curiosidade imensa por Harriet, e nunca antes tinha sentido tal coisa por ela.

- Não sei como o teria feito sem a vossa ajuda, obrigado por tudo", disse ele, tentando não mostrar demasiado os seus sentimentos.

- Ah, e outra coisa, a tua mãe mandou uma mulher dizer-me para não decorar nada nesta mansão e para não mexer no jardim, por isso só pus uma fotografia da Fiorella na cozinha, espero que não te incomode.

- Não te preocupes, Harriet, ninguém tem de te dizer nada, esta casa é minha, por isso perdoa-me se passaste um mau bocado.

- Mas isso não é tudo, ele ameaçou-me e eu não gostei nada disso, quer dizer, não estou em posição de discutir com a tua mãe, ele disse-me que eu era uma pushover e uma gold digger e não sei quantas outras coisas. Que prefiro não mencionar.

- Não te preocupes, eu falo com ela. Vejo que faltam muitas coisas, amanhã vou mandar a equipa de mudanças trazer tudo o que falta para quando eu vier aqui", disse.

- Não é preciso", murmurou, "é suficiente, nunca vivi no luxo, isto é suficiente para mim, além disso, a Fiorella é um bebé, não precisa de muito.

- Ah, esqueci-me do bebé por um segundo", disse ele como se dissesse "que se lixe, tenho uma filha", "desculpe Harriet, não pude vir da Europa quando deu à luz, espero que me desculpe. E parabéns menina, mesmo que seja quatro meses depois.

- Não é preciso, já passou, mas aceito os teus parabéns", disse ele, dando-lhe um pequeno abraço. - Gostava muito que a vissem, mas agora o bebé está a sonhar.

Ele esfregou o cabelo e ajustou a gravata vermelha que usava, ela não duvidou do que lhe passava pela cabeça e perguntou.

- Acho que sei o que estás a pensar, James, pedir-me o divórcio, acho que é a altura em que o contrato estipula, certo?

- Não, de maneira nenhuma, tenho tantas coisas na cabeça que nem me passou pela cabeça. Vim para uma coisa mais séria e queria que me desse uma ajuda ou um favor.

- Mais a sério! E que tipo de favor? - perguntou ela, um pouco apreensiva.

- O meu avô tem um cancro terminal que o está a consumir. Os médicos dizem que ele pode morrer a qualquer momento,

- O quê, estás a falar a sério, mas eu estava super bem pelo que me disseste há três meses.

- Eu sei, o meu avô ainda é relativamente "jovem", tem oitenta e cinco anos, mas como era muito teimoso e não queria fazer os exames anuais, apanhou cancro. Dizem que o tem há pelo menos dois anos e que está muito espalhado.

- Lamento imenso, James", disse ela com um ar preocupado.

- Faz parte da vida, mas talvez por causa da sua teimosia. Nunca pensei que isto pudesse acontecer ao velhote, ele era tão forte e tão enérgico.

Capítulo 7

- Depois do nosso casamento, fui contar-lhes na sua residência em Hudson Valley (Nova Iorque) e não sabem como ficou a minha mãe, que até me insultou e me pôs a correr, o meu avô apenas sorriu com indiferença e a minha antiga noiva, se descobrisse, provavelmente estava a morrer por dentro. Estava a perder os seus milhões. Embora a raiva da minha mãe não fosse de ti em si, era a perda de prestígio aos olhos dos escalões superiores da sociedade que a estava a deixar de rastos.

- Agora percebo muito bem, foi tudo pelo controlo da empresa do teu avô, é por isso que não me dás o divórcio.

- Na verdade, podia divorciar-me hoje porque já não preciso de estar casada, mas não o vou fazer agora, porque o meu avô pode descobrir e ele é capaz de tudo.

- Já é presidente?

- Sim, recebi uma proposta da segunda maior empresa da Europa a seguir a nós e, como conheço as empresas Marshall Energy como a palma da minha mão, o meu avô receou que eu contasse os segredos à concorrência e perdesse a liderança, pelo que concordou em dar-ma.

- Isso foi inteligente, James", disse ela entre os lábios, passando as mãos por trás do cabelo em sinal de atracção.

- Não é o dinheiro, é que detesto que mandem em mim como se fosse uma criança.

- Estou a ver, vou lembrar-me sempre disso para o caso de me tornar mandona", confessou ironicamente.

O Tiago já não parecia o mesmo tipo que tinha chegado frustrado e cansado, agora parecia enérgico e até bonito com aquele sorriso perfeito e os olhos azuis, ah! Já para não falar daquele queixo quadrado que o fazia parecer mais egocêntrico e o mais irresistível do mundo, que dava vontade de o morder.

- Duas semanas após o acalorado encontro com a minha mãe e o meu avô na Europa, recebi a bem-vinda notícia de que tinha sido nomeado presidente executivo de 98% de todo o conglomerado Marshall, e isso foi em grande parte graças a ti. Para ser sincero, estava desejoso de a abraçar por causa disso, Harriet.

- Aha," ela hesitou, com os olhos expressivos de afecto, e pensou, "sim, claro, é o dinheiro que te faz feliz, James. - Obrigada pelo elogio. -disse ela enquanto as suas faces coravam.

- Mas, de alguma forma, adoro o meu avô e a minha mãe, apesar de eles sempre me controlarem e das nossas constantes brigas familiares. Quando soube da doença dele, senti-me muito mal e foi por isso que vim o mais depressa possível. Mas, mais do que o meu casamento, sinto que foi a sua doença terminal que o fez mudar de ideias quanto a não deixar entrar estranhos na empresa. Mas conhecendo a sua teimosia, talvez, embora não saiba se foi devido à paragem respiratória que sofreu", acrescentou.

- Mas o pior é que descobri que o meu avô não permitiu que eu fosse notificado enquanto estava a resolver alguns problemas da empresa na Suíça, e mais tarde soube pelo meu assistente.

- Uau, James, o que me estás a contar é muito duro. Quando a minha mãe morreu, no início dos anos 2000, foi terrível para mim e sei o que se sente quando alguém próximo de mim fica doente.

- Obrigado", respondeu.

Quando Harriet abriu os braços para o abraçar em sinal de consolação, ele compreendeu o gesto e abraçou-a enquanto esfregava as lágrimas para não parecer fraco.

O facto é que o perfume de jasmim de Harriet o fazia sentir-se em paz naquele momento passageiro, naquele segundo para James que ele desejava que durasse para sempre, apesar de não ter amor por ela.

- Continuo a lamentar o que aconteceu à tua mãe, Harriet, e gostaria de ter estado presente, tal como tu estás agora comigo. Depois de ter partido no Verão de 1994, fui para Nova Iorque, depois mandaram-me estudar para Itália, sabe como é a "educação de excelência" e fiquei com a minha irmã mais velha durante algum tempo, depois ela casou-se e foi viver para Paris, e pergunta-se onde é que ela está? Ela e o marido, Andy, morreram num acidente de avião há alguns anos.

- Nunca me falaste da tua irmã, lamento muito, agora que tens a tua mãe e até o teu avô vivos, devias sentir-te grato.

- Obrigado pelas suas palavras, bem, não vou tomar mais do seu tempo, a minha verdadeira razão para vir aqui é, como disse, precisar de um grande favor seu.

Ela ficou surpreendida, encolheu os ombros e perguntou abanando a cabeça - claro, diz logo.

- O meu avô Hermes vai chegar amanhã a Seattle para uma mansão do outro lado da cidade, não se preocupem que também tem vista para o mar e é muito maior, e o que eu quero que façam, se não for muito incómodo, é que se mudem comigo para essa casa e finjam que nos amamos e que temos um casamento verdadeiro e fantástico, sobretudo para dar alegria ao meu pobre velhote.

Ela ficou chocada por um minuto - ufa, apanhaste-me numa curva, fingir vai ser difícil, mas isso não está estipulado no contrato de casamento que me fizeste assinar. - Ela exprimiu-se um pouco desconfortável.

- Eu sei, mas eu também não estava à espera disto. Sabes, se isto não tivesse acontecido, talvez já nos estivéssemos a divorciar, mas por favor, quero que o meu avô se divirta.

- Não sei o que dizer", disse ela, lembrando-se vagamente dos seus sonhos tontos de adolescente de estar casada com ele.

- Olha, se esta mansão te parece enorme, aquela é três vezes maior, terás o teu espaço, seria só fingir à frente dele, não terás de cuidar dele e tudo isso, ele tem uma equipa médica completa, duas enfermeiras e um médico vinte e quatro horas por dia. Serão apenas os momentos em que passamos tempo com o meu avô e não seria mau se lhe contasses as nossas anedotas em Houma. E, obviamente, coisas sobre o nosso casamento e como ele é perfeito, "que me amas", sabes, disparates como esses. Quero que finjas que nos amamos mesmo.

- Não inventes, James", disse ela, um pouco irritada. Estás a mudar todos os termos do contrato. Não quero dar-te beijos falsos, tu sabes disso.

- Tu és a minha mulher", respondeu ele.

- Se assim o dizes.

- É pura encenação, Harriet, não exageres. Além disso, a minha mãe lembra-se, contou-lhe os nossos passeios quando éramos crianças, de certeza que ele pensa que nos amávamos desde esses tempos.

Ela franze o sobrolho com irritação. - Haha!

Capítulo 8

Ela detestava ser tratada como um objecto, mas ao mesmo tempo estava feliz por não sofrer financeiramente. No entanto, no fundo, amava-o desde criança.

- O que é que é assim tão difícil, Harriet? - perguntou de novo, - além disso, isto não é por muito tempo, o meu avô vai morrer em breve, e quando acabar vais-te embora com o teu bebé e eu sei que isto não foi estipulado, mas se fizeres o que eu digo, pago as tuas despesas e as da Fiorella até ela ter 18 anos, ninguém te daria uma coisa destas por tão pouco, só vais agir.

- Vocês, os ricos, pensam que os vossos milhões compram tudo. - disse ele entre os lábios.

- Por muito feio que pareça, Sra. Marshall, o nosso casamento é assim. - disse ele ironicamente.

Harriet levantou-se abruptamente da cadeira da cozinha e sentou-se num banco mesmo ao lado do frigorífico, James olhou para ela intrigado com a forma como ela ficou vermelha com aquilo.

- Esquece", gritou ele. - O nosso acordo acabou, sabes que eram só uns meses e eu estaria livre, por favor, quero o meu divórcio", disse ela num tom sério enquanto se colocava à frente dele.

- Por favor, amiga, não me dificultes as coisas, sabes como é a Harriet, não posso aceitar isso, tens de me ajudar, não vai ser por muito tempo.

- Eu não quero o teu dinheiro, James, já tenho o suficiente com o que me deste, o que é que tu pensas? Que sou uma dessas harpias que andam por aí a enganar, não, não quero enganar o teu avô, que pode ser um bom homem. Além disso, disseste que eu só tinha de assinar a certidão de casamento e não teria de te dar falsos beijos nem de te acompanhar a lado nenhum, seriam só fotografias ou, no máximo, visitar a tua mãe, mas mais nada. Estás a mudar tudo, não há nenhuma cláusula que permita isso.

- Vamos lá, vamos! Não resistas, é fácil, o que é que estamos a discutir?

- Não és nada parecida com a pequena Harriet de há 15 anos e muito menos com a Harriet gordinha de há quatro meses que era um amor, agora és apenas uma...

- Não sejas mal-educado, James", respondeu ela irritada.

- Chamaste-me gorda, nunca viste uma mulher grávida antes. Não preciso de te explicar. Além disso, nunca tiveste de passar por dificuldades financeiras, tu James sempre tiveste tudo e eu trabalhei em três empregos ao mesmo tempo.

- A senhora gostou do crescimento do seu bebé. Não sei qual é o problema, se tivesses continuado com esses trabalhos pesados não te teria dado tempo para nada, além de que parecias exausta e cansada, dei-te um descanso, há um lado bom nisso. Lembre-se que os bebés adoecem demasiado, o que teria feito para pagar isso?

Harriet baixou a cabeça durante alguns segundos e engoliu alguma saliva enquanto cerrava o maxilar, engolindo o seu orgulho.

- Achas que é mais desconfortável fazer isto por uns momentos do que servir à mesa para clientes indiferentes para o resto da tua vida? - acrescentou James.

-Tu ganhas sempre em tudo, James, vejo que não mudaste nada em relação àquele fedelho de 94", murmurou.

- Veja as coisas pelo lado positivo, sei que não é oportunista como a Julieth, a minha ex, que faria tudo para estar na sua posição. E ela nunca teria aceite os 10 mil dólares que aceitou alegremente, ela teria pedido milhões.

- Não preciso de tanto", murmurou, "só o suficiente para comer e comprar biberões e fraldas, e tenho guardado tudo porque sei que em breve vai acabar.

James levantou-se e dirigiu-se para a janela com vista para o mar. - Oh, que económico! Quem diria?", disse ele calmamente.

- Ela acenou com a cabeça, o seu belo rosto mostrando uma diminuição da raiva, mas continuando a olhar para James enquanto ele observava os navios no horizonte do mar.

- Vá lá, Harriet, não é assim tão difícil, segundo os especialistas não viverás mais de dois meses, não será muito tempo, acredita, é a única coisa que te peço, e prometo-te que, uma vez terminado, os meus advogados te darão alta num dia. E poderás ir para onde quiseres, com segurança financeira até 18 anos e, para ser mais generoso contigo, dar-te-ei uma casa onde quiseres. - Acrescentou, virando-se para Harriet, que esperava à distância.

- E quem mais vai estar em tua casa? - perguntou ela, quase quase convencida.

- A minha mãe e os meus criados.

- A tua mãe! - sussurrou ela suavemente, mas não tão suavemente que até o Tiago tenha ouvido.

- Mas não te preocupes, a minha mãe não precisa de te dizer nada, ela gosta muito do meu avô e é por isso que também virá, não quer perder os últimos momentos com ele.

- Conhecendo-a, o que ela detestava quando eu ia às vezes aos jardins da mansão do teu bisavô, fazia sempre aquela cara de fuchi porque era pobre.

Capítulo 9

- A minha mãe é assim, não é tão má como parece, apenas se preocupa muito com o seu estatuto social, sabe, foi assim que ela foi educada.

James deu alguns passos confiantes e aterrou em frente de uma Harriet que até pareceu tremer ao vê-lo.

- É a Sra. Harriet Marshall, não tem de ter medo de vir a minha casa, a minha mãe tem de respeitar e mesmo que haja membros da minha família, tias, tios ou primos, ninguém deve dizer nada.

Passou saliva e gaguejou um pouco.

- Sim, mas...

- Nada, tu impões as regras se quiseres, a minha mãe tem as suas residências, mas como ela quer estar com o pai, é por isso que vai passar algum tempo comigo. Mas se não quiser, posso dizer-lhe que venha todas as manhãs visitá-lo.

- Não é nada de especial", disse ele, "mas a tua mãe, sabes, quero dizer, o acordo entre nós?

- Sim, não te preocupes com isso, já lhe contei, só o meu avô é que não sabe, ele acha que tu és mesmo o amor da minha vida e a minha mãe não lhe tinha contado até há pouco tempo e, embora ele não tenha reagido muito bem, está resignado e não te vai tratar mal, embora não goste de ti.

- Harriet, o meu avô sempre quis uma mulher para o meu próprio bem, ele acredita que casando com uma mulher boa e de princípios que me ame, manterá a minha vida no rumo certo, e bem, embora a minha mãe queira a Julieth, eu não a quero, eu amei-a em tempos, mas quando descobri que era tudo falso, deixei de gostar dela. Ela é frívola e falsa.

- Se assim o diz, mas...

- Além disso, quem não quereria uma mulher como tu?

Ela ficou muito vermelha, mas depois quase se riu quando James acrescentou.

-Além disso, há vantagens em aceitar uma esposa como tu; não haverá brigas, não me chatearão nem me imporão nada, e eu a ti, tal como imaginei.

- Sim, todos os homens querem isso", disse,

Harriet desviou o olhar dele e dirigiu-se para a outra janela com vista para o belo jardim paisagístico.

- Então, dizes que sim, Harriet?

Nesse momento, James apercebeu-se de que não conhecia Harriet tão bem como pressentia. Pensou que ela seria como todas as mulheres que conhecia no seu círculo: frívola, megera e interesseira.

De repente, ela virou-se lentamente, encontrando os seus olhos azuis.

- James, mas como é que o vais convencer de que nem sequer estávamos na nossa noite, achas que ele não vai suspeitar?

Quando ouviu isto, o jovem Marshall rejubilou, pois tinha feito a coisa mais difícil; tinha convencido a orgulhosa Harriet.

- Antes disso, o meu avô estava muito ocupado e, acreditem, eu inventava coisas para ele, por isso é que ele nunca vos foi visitar. Só a minha mãe sabia e o meu assistente e eu proibimo-los a todo o custo, é por isso que ele não precisa de saber.

Ela mordeu os lábios em sinal de descrença.

- Vamos fazer de Romeu e Julieta", brincou James.

- Ora, Harriet! Pensas que não reparei, olhas para mim com ternura, e isso basta para que acreditem que me amas.

- Eu com ternura? Bem, é assim que eu pareço", sorriu, abanando a cabeça.

- Irei todos os dias para as minhas tarefas na Marshall Enterprises e, quando formos à noite para o quarto do meu avô, beijar-te-ei a mão e dar-te-ei um beijinho na cara, frases como "Amo-te, minha Harriet", coisas desse género. Ridículo mas credível.

Ela riu-se e não escondeu a cor vermelha das suas bochechas ao sentir dentro de si um misto de memórias antigas.

- Quero que o faças naturalmente, com a minha mãe, os meus tios e tias, para que ninguém desconfie e vá contar-lhes. Por isso, pela carinha que vejo, sinto que aceitaste. Dentro de algumas horas, o meu motorista virá levar as tuas coisas para a nossa nova casa.

- Ainda não disse se o James.

- Sei pela tua cara que vais aceitar, não te conheço de todo, mas sei o suficiente para saber que esse sorriso significa sim.

- Está bem, fá-lo-ei pelo meu bebé, pelo teu avô e por mim, mas lembra-te que não o farei por ti, James Marshall", disse ele num tom complacente. Já me deste o suficiente e eu agradeço, mas vou fazê-lo para, pelo menos psicologicamente, retribuir tanto bem.

- Deixaste-me sem palavras", disse ele, "és incrível, Harriet", enquanto a abraçava e, durante alguns segundos, a levantava no ar.

Capítulo 10

- Larga-me, vais atirar-me ao chão", gritou com uma voz que tinha tanto de vontade como de não querer.

- Grande senhora, fez-me ganhar a tarde. Agora vou-me embora, eles vêm buscá-la às 6h para que esteja pronta.

De repente, Tiago fingiu que ia dar-lhe um beijo de despedida na cara, mas foi uma bela decepção, beijou-a ternamente nos lábios durante meio segundo e depois afastou-se rapidamente e afastou-se a passos largos.

Ela ficou chocada quando levou os dedos aos seus lábios vermelhos.

- Não pode ser", diz por entre os lábios. E virou-se para o céu, supondo que o seu falecido marido, Louis, a estava a ver naquele pequeno pedaço de papel.

"Desculpa Luís, mas para a nossa filha vou ter de fazer o papel de quase prostituta, bem, não vamos fazer nada, só beijos sem amor", murmurou ela para o ar.

De qualquer modo, vou preparar tudo", comentou enquanto se dirigia para a sala de estar e subia a enorme escadaria para o primeiro andar.

Às 6 horas estava pronta com algumas malas, de repente apareceu um carro de luxo, ela ficou perplexa e disse: "distinto do James e das suas extravagâncias, obviamente que ele não viria num carro normal".

Um motorista com o seu uniforme de marca desceu e chamou-a: "Boa tarde, Sra. Harriet de Marshall, pode entrar, levá-la-ei à Mansão Sun Lake, na zona leste da cidade.

Ele abriu-lhe a porta e ela subiu, depois juntou todas as coisas e partiram em direcção à casa de James Marshall.

30 minutos depois, tinha chegado à mansão ultra luxuosa de James em Bellevue , uma cidade nos arredores de Seattle, Washington, e que ficava a poucos metros do belo lago Sammamish, claramente algo que ele nunca tinha imaginado, ainda mais bonito do que a casa onde tinha passado os últimos três meses. A fachada era de estilo moderno, com formas arquitectónicas de excelência e um majestoso jardim repleto de todo o tipo de flores, e em redor arboretos lindamente decorados e jardineiros a trabalhar. Em frente, havia um enorme espaço com várias fontes e, à frente, o lago Sammamish e alguns jet skis podiam ser vislumbrados à volta de uma ponte de madeira muito comprida, ao estilo de uma doca, que é normalmente utilizada para diversão.

- Sra. Marshall, chegámos", disse o motorista ao abrir a porta, depois dirigiram-se para a entrada e ele tocou à campainha, imediatamente o mordomo a abriu, ela era um pouco avançada em idade, e disse. - Eu sou Catarina, o mordomo, é um prazer conhecê-la, Sra. Harriet Marshall, o jovem James falou-nos muito de si e indicou que chegaria hoje. Bem-vinda à sua residência, é a sua casa, estamos aqui para a servir", disse ela com um sorriso acentuado.

Harriet ficou paralisada por um momento, mas reagiu a tempo - Prazer em conhecê-la, Catarina, vejo que o meu marido não está cá.

- Não, ele saiu, se quiseres vir comigo eu mostro-te o quarto dele, é bom para conheceres o quarto do teu bebé também. - Indicou, sorrindo para Fiorella. - Depois arrumo os pertences dele.

- Por mim, tudo bem", sussurrou ela, pois estava tão pouco habituada a ver tanto luxo que se sentia constrangida. Ao entrar no primeiro andar, olhou para as traseiras de uma sala gigante onde provavelmente se realizavam reuniões sociais, e aí percebeu porque é que James lhe tinha dito que não havia coisas na outra mansão, porque nesta mansão havia quadros e obras de arte caras, bem como esculturas de artistas famosos. - Este é o quarto dela e do marido", Katherine apontou para o quarto com a porta fechada, "Harriet entrou "uau, é muito mais bonito do que os da televisão. Mas o James também dormia lá dentro, não é que ele adorava a ideia?

- Ainda bem que gosta de mim, Menina Harriet, e se não gostasse, o seu marido mudaria tudo", acrescentou. - Nas traseiras, encontra-se o quarto do avô de James, o Sr. Hermes Marshall.

Capítulo 11

- E onde é que o meu bebé vai dormir? - perguntou ele timidamente, enquanto lhe falava baixinho.

- O seu bebé Fiorella's é na porta ao lado.

- Parece-me perfeito. Imediatamente, por um segundo, Harriet abriu a porta e olhou para o quarto que iria partilhar com James e pensou: "Que diabo, James, uma cama para nós os dois, esquece, vais ter de me dar uma explicação", como vês, não estava nos planos - resmungou.

- Pode passar por lá para ver onde o seu bebé vai dormir.

Harriet deu alguns passos para entrar no enorme quarto, lindamente decorado, com um grande berço no meio.

- uau, nunca pensei que ele o fizesse...

- Sim, há uma semana, o James mandou-o fazer por um designer famoso da cidade.

- Estou sem palavras, é muito simpático da vossa parte.

- O Sr. James é um querido", disse Catarina, "esteve sempre presente.

"Sim, acima de tudo isso", murmurou Harriet para si própria.

- A Fiorella já adorou, olha para ela, está a balbuciar, quer experimentar o berço", disse a governanta.

-Sim, estou a ver, ele adorava os ursos de peluche espalhados pelo quarto.

- Ela já está a dormir, olha para ela, porque não a pões a dormir um bocadinho?

- Se é que era isso que eu ia dizer", murmurou Harriet.

Dirigiu-se à enorme cama de grades de madeira fabricada em Itália e colocou-a cuidadosamente. Fiorella adormeceu quase de imediato ao som da melodia de bebé.

Vou deixá-la por um momento, menina, vou mandar levar os seus pertences para cima", disse Catarina.

- Depois de o mordomo ter saído, Harriet percorreu o quarto da filha, que era enorme para uma criança. - Olha, meu lindo bebé", disse ela com carinho, enquanto olhava pela janela para o lago que se estendia de oeste para leste de ambos os lados, "isto é um sonho, repetiu ela. - Gostaria de ficar aqui e dormir contigo, não quero dormir com o Sr. James. Ele sempre viveu assim, parece-me mágico, tudo é lindo aqui, é assim que vivem os ricos, que inveja! Quem não gostaria de viver assim?", sussurrou enquanto olhava para o horizonte, para as mansões mais pequenas, evidentemente a mansão de Sun Lake era a maior de todas as áreas dos milionários.

Imediatamente a seguir, sentou-se num cadeirão de couro para ver a filha dormir, pelo menos ficaria orgulhosa por a sua bebé ter gozado a melhor vida que alguma vez tivera, com a igualdade das pessoas mais ricas do país e com o seu amor.

Horas mais tarde, Harriet estava prestes a descer para jantar. Já tinha visto uma pequena parte desta gigantesca mansão - tinha visto mais de seis jardineiros, que a tinham levado a arranjar as flores e as árvores, as mais de cinco criadas da casa e cerca de três cozinheiras na bela cozinha moderna, decorada com cores diferentes e mármore claro. Os criados eram muito prestáveis e cordiais para com ela. Ela e o seu bebé jantaram sozinhos às 18 horas. A comida era mais deliciosa do que em qualquer outro restaurante onde já tivesse estado. Ali estava ela, sentada numa gigantesca mesa circular com cerca de doze metros de comprimento, a comer todo o tipo de iguarias. Quem diria que Harriet, a empregada de mesa, estava a jantar e que, à sua volta, tinha criadas e cozinheiros à sua disposição para tudo o que quisesse. Era o sonho de qualquer um. Até agora. Depois do jantar, ela tomou banho e deu banho ao seu bebé. Depois, deitou-a no berço e esperou meia hora para que adormecesse. Por volta das sete horas, saiu de lá e dirigiu-se para o quarto que teria de partilhar com Tiago. Ao entrar, murmurou para si mesma: "Quem me dera que fosse um casamento de amor, como seria bonito partilhá-lo e, quando a Fiorella crescesse, dormiria entre nós, como nos filmes de amor", mas imediatamente voltou à realidade e dissipou aquele pensamento adolescente de amor impossível. Passou para o outro lado da sala, que tinha literalmente trinta metros de comprimento, e afastou os estores que criavam o ambiente fúnebre.

Depois abriu o enorme roupeiro de madeira, sorrateiramente, e lá estava uma série de fatos finos, obviamente do marido, e para sua surpresa, quando abriu a outra folha de madeira, todas as roupas dele estavam penduradas lá.

Estava um pouco aborrecida porque não gostava da ideia de alguém andar a remexer nas suas malas com roupa barata, também porque não queria partilhar falsamente o quarto com James, queria dormir noutro quarto, mas nesse dia, para sua sorte, James não voltou para casa.

Às seis da tarde do dia seguinte, Harriet vestiu o melhor vestido que tinha, um elegante vestido Chanel vermelho, obviamente em segunda mão. Quando a chamaram para jantar, Harriet desceu nervosamente as escadas, no preâmbulo da sala de jantar havia uma enorme porta em arco e, para seu azar, havia mais pessoas do que James, devido ao burburinho de conversa que se ouvia, - mordeu os lábios e caminhou, à mesa estavam a Sra. Sully de Marshall e o seu filho James, bem como as criadas que preparavam a mesa. A Sra. Sully não tinha mais de cinquenta e dois anos, muito elegante e de estilo italiano, com olhos azuis e pele cor de azeitona. E repleta de jóias caras e um vestido de marca. James tinha um ar informal e extremamente sexy.

- Desculpem, desculpem se vos atrasei", murmurou com uma voz fraca, mostrando todo o seu nervosismo.

A Sra. Sully de Marshall sentou-se num trono afastado da sala de jantar e, com um olhar indiferente, observou-a rapidamente da cabeça aos pés, depois exclamou sarcasticamente: "Muito elegante, e que estilista é esse vestido? Tem um aspecto estranho.

- Não é um designer", respondeu timidamente.

- Mmm, - fez uma careta e disse - não se preocupe, chegou a horas, íamos agora começar, foi um prazer conhecê-la pessoalmente Harriet, - quis dar-lhe um pequeno abraço e a senhora rejeitou-o, limitando-se a apertar-lhe a mão.

O filho aproximou-se do outro lado da mesa e pegou-lhe pela cintura, o que não agradou a Harriet, e deu-lhe logo um beijo perto da boca, mas ela também não o recusou, para não estragar tudo. Mas lançou-lhe um olhar de contrariedade, que James compreendeu claramente, mas deu-lhe outro enquanto dizia à mãe: "A minha mulher, não é uma beleza, mãe? - Ela acenou com a cabeça, relutante.

Capítulo 12

O que Harriet se interrogava por vezes era que, apesar do beijo falso, ela sentia um amor vibrante e belo, será que ele sentiria o mesmo - interrogava-se por um segundo.

Depois, James sentou-se ao lado de Harriet na mesa enorme, e a Sra. Sully na outra ponta.

- Não tiveste saudades do meu filho durante todos estes meses? - disse ele com uma voz irritada.

-Claro que sim, minha senhora, senti a falta dele como qualquer esposa, ainda bem que ele está comigo agora.

"Amar não é olhar um para o outro, é olhar juntos na mesma direcção". *Antoine de Saint-Exupery*.

- É o que se diz nos romances", disse a senhora num tom frio.

- Mãe, pede desculpa", discordou James, olhando para ela com irritação.

- Foi só um comentário, filho, não leves tão a peito, além disso", disse ele, olhando para Harriet sem tirar os olhos dela.

- Rapariga, dou-te as boas-vindas "de coração" - disse ele num tom hipócrita.

Ela não respondeu. O momento era obviamente tenso e tenso por causa dela, que era a figura da discórdia, a intrometida e a pusilânime, segundo os olhos da senhora.

- Chega de esperar, está na hora do jantar. Catarina, manda-os entrar com os aperitivos", ordenou ele.

- Um a um, os criados foram passando, até que a mesa se encheu de todo o tipo de pratos exóticos, mesmo novos para Harriet, que trabalhava num bufete. Em breve começaram a servi-la.

- Não foi assim há tanto tempo, pois não, Harriet, que estavas a servir pratos como empregada de mesa? Mas não me interpretes mal, acho que é um bom trabalho", comentou sarcasticamente a Sra. Sully.

- Sim, minha senhora", respondeu ela com desagrado, "era evidente que ele queria aborrecê-la com os seus comentários desnecessários.

- Ser empregada de mesa, mãe, é como qualquer trabalho, ser (CEO) como eu é outro, mas também não a torna melhor. Vamos jantar.

- Que refeição deliciosa, Martha", Harriet agradeceu à cozinheira, tentando mudar de assunto.

Depois de terem saboreado uma refeição tão deliciosa, o médico especialista que cuidava do avô veio pedir-lhes comida para levar para cima.

- Boa noite, Sra. Sully e Sr. James.

- Já que estás aqui, Rayan, gostava de te apresentar a minha mulher, Harriet", disse James.

- Como está, menina?

- A minha", respondeu ela.

- E como está a minha avó?

- O seu avô é um carvalho, mas porquê mentir-lhes, ele continua tão alegre e continua a mostrar o mesmo interesse pela bolsa e pelos jornais... mas a verdade é que a doença está a progredir demasiado, a última análise confirma-o - indicou um pouco sério. - Vou deixar-vos à vontade, disse o médico", disseram todos.

A Sra. Sully ficou melancólica e com os olhos um pouco marejados.

- Acalma-te, mãe", disse o filho, tentando confortá-la, enquanto se levantava e a alcançava.

Harriet olhou para eles e sentiu um pouco de pena, porque também ela tinha passado por uma situação terrível como aquela e não desejava isso a ninguém, embora visse que a odiava por ser de uma classe inferior e não ter o perfil que a mãe gostava para o filho.

Capítulo 13

- Querida, o bebé ainda está a dormir? - perguntou James,

- Ele tem horas de sono.

- O quê? tens um filho Harriet, não me disseste filho! oh! foi por isso que obrigaste o meu filho a casar", murmurou.

- Não é minha mãe, fala baixo, podes ouvir o criado.

- mmm.

- O seu filho, Sra. Sully, provavelmente aceitou casar comigo para que a minha filha fosse mais credível.

- Explique-se James Marshall, eu sei que já é casado, mesmo que seja uma simulação, mas diga-me porque a escolheu, quando tem uma grande variedade de candidatas, e evitaria envergonhar-se perante os nossos conhecidos", resmungou.

O rosto de Harriet caiu de vergonha ao ouvir aquelas palavras mordazes de humilhação.

- Bem, filho, se tivesses mudado a tua mulher para cá há vários meses, isso parece muito mau, eles podem pensar coisas, não achas? - acrescentou.

- Deixe-me explicar-lhe James, - Sra. Sully, se pensa que aceitei casar com o seu filho porque sou uma mulher egoísta, deixe-me dizer-lhe que não, não sou daquelas que andam pelo mundo atrás de fortunas.

Olhou para ela com desconfiança e incredulidade perante as suas falsas palavras. Era assim que ela pensava da maior parte do seu círculo social típico, harpias.

- Tanto faz, respondeu ele. - .

James virou-se para a olhar de novo com indignação, - não olhes para mim assim, James, a verdade é que me conheces, sou muito directo e isso tende a causar brigas às vezes, mas não é por isso que sou mau, apenas tenho bons gostos, - salientou, lançando um olhar rápido e humilhado para o decote de Harriet.

- Não sei o que dizer, Sra. Sully, mas infelizmente não estou ao seu nível, de facto, nunca uso vestidos de noite para jantar, é uma novidade para mim. E bem, o mais importante para mim é a minha filha, não aspiro tanto como a senhora", comentou.

James lançou um olhar zangado à mãe, que depois pediu desculpa com relutância.

- Não queria que pensasses isso, não era essa a minha intenção, só queria dizê-lo, não leves isso tão a peito, rapariga. Zero ódio.

James, irritado, exclamou: "Mãe, da última vez que fazes esse tipo de comentários, sabes que a Harriet é agora minha mulher e que não permitirei insinuações ou humilhações à sua pessoa.

- James, não quero discutir", disse Harriet, "como fora de casa se a tua mãe quiser, por mim tudo bem.

- Tu não, não há necessidade de lutar, a partir de agora nem um comentário negativo, mas mãe, vais ter de sair", decretou um pouco irritado, "compreende, a minha avó está a morrer e o mínimo que podemos fazer é não lutar, está bem?

- Muito bem", disse Sully, "não haverá nenhum para mim", acrescentou ironicamente.

Harriet levantou-se e saiu irritada, James seguiu-a.

- Não vamos transformar uma brisa numa tempestade.

- James, nunca deixei ninguém humilhar-me tanto na minha vida, e se a tua mãe vai continuar a incomodar-me, vou sair agora e divorciar-me. Não o fiz por dinheiro, se é isso que pensas, fi-lo para te ajudar. Ele olhou-a desconfiado sem tirar os olhos dela, - isso é uma ameaça?

- Sim, porque não deveria ser assim.

- Bem, essa é uma das coisas que mais odeio: ameaças, e sabes que tenho o poder de te pôr na rua.

Olhou-o furiosa, com vontade de lhe dar uma bofetada, - achas que sou uma tola, já te esqueceste onde me encontraste; a trabalhar, consigo viver sem ninguém. Para além da tua ajuda financeira, que te agradeço, admito, aceitei toda esta parafernália porque nunca tive pai e tu, certamente, sentes o teu avô como um pai.

- Não mintas, o dinheiro fala, Harriet.

-Não quando estava casada com o Louis", murmurou ela em voz alta.

-Louis", gritou a mãe de James, que os encontrou a discutir nas escadas, "quem é Louis Harriet? - perguntou ela, olhando-a com desprezo. James não respondeu.

-Ninguém, Sra. Sully.

Ele segurou-lhe a mão com ternura durante alguns momentos e evitou outra discussão, ignorando a mãe e fazendo-a sair. - Obrigada, James, por me teres defendido, graças a ti tenho desfrutado do meu bebé todos estes meses e só quero agradecer-te. Mas não estou a gostar nada disto.

Ficou tão impressionado com aquelas palavras que até sentiu no peito um sentimento de protecção que nunca tinha sentido por ela. Depois deu-lhe um beijo fugaz na face.

-A minha mãe foi para o quarto, vamos, estão a servir a sobremesa.

Harriet não estava entusiasmada com a ideia de começar a sentir algo por James, mas era inevitável que isso estivesse a surgir lentamente no seu coração.

Ela ainda não conhecia o avô de Tiago, embora no fundo não soubesse como ele reagiria, se gostaria dela ou não. Poucos minutos depois de terem saboreado a sobremesa, James levantou-se e disse-lhe para ir com ele a casa do avô, pegou-lhe na mão onde estava o anel e juntos subiram as escadas para o outro lado da sala. Naqueles momentos, Harriet sentiu-se estranha, sentiu a pele de James e o seu calor passarem por ela, aqueles segundos que ela gostaria que fossem eternos, até sentiu desaparecer o desgosto que tivera com a sogra na sala de jantar. Fascinava-a que ele a carregasse assim, dava-lhe uma falsa sensação de que ele a amava de verdade. Quando chegam, os ajudantes, que tomam conta do patrão, saem e eles entram,

-Abue," sussurrou James, "estás acordado?

-Estou desejoso que viesses, fedelho, queria ver-te. -murmurou com uma voz pouco hesitante, "só porque és o presidente, não tens de me abandonar e não me dizer nada, ei!

-Velhote, tu não mudas. Não te preocupes, está tudo sob controlo. O que quero dizer, Avô, é que quero que conheças a Harriet, acho que não tiveste o gosto.

-Harriet," disse o homem, mal virando a cabeça almofadada para o ver bem.

- E quem é ela, James? Não tive o prazer de a conhecer. Ultimamente, porque me vêem como inútil aqui, não me dizem nada.

James segurou firmemente a mão de Harriet com medo que ela fugisse. Ela parecia muito nervosa.

-Espero que esteja bem, Sr. Hermes", saudou com uma voz receosa, com os olhos por vezes descaídos.

- Vejo que não era mentira o que a vossa mãe me disse, Tiago, a criada, finalmente na vossa casa", disse ela, olhando-os com firmeza.

Harriet fez um olhar de surpresa e olhou para o marido com embaraço. Não pensava que fosse ser recebida por este homem, pior do que a sogra,

-Perdão, mas não queria incomodar-vos com a minha presença", disse.

-Assim como a tua espécie, Haliet ou Harriet, o que quer que seja, de certeza que não mexeste um dedo durante todo este tempo, pequenas mulheres clássicas que andam a bajular milionários, e tu James és um idiota, sim, um verdadeiro idiota.

Pensei que ficarias feliz e, como sempre, a mãe a contar-te os mexericos, não querias isto, ver-me casada com alguém de bom coração? Bem, conseguiste.

-Há níveis, James, com a Julieth mil vezes, mas tu és teimoso como uma mula.

Capítulo 14

-Para os teus planos; perfeito, mas teria tornado a minha vida num inferno. Tu não sabes.

- Ora, ora, ora! Então foi esta jovem que te cativou, humm", olhou para ela incrédulo.

-Esta família dá demasiado espectáculo", sussurrou Harriet entre os lábios.

- O quê, que raio disse, menina? Para além da empregada de mesa, mal-educada.

-Nada senhor, é apenas um prazer conhecer a família do meu marido, não é todos os dias que se conhece tanta gente de classe alta.

-Pensei que tinhas dito outra coisa, as garimpeiras são assim mesmo, adoram pregar partidas e ser ociosas", disse o avô com ironia.

Avó, fui eu que insisti, vamos deixar este assunto em paz", disse o neto enquanto convidava a mulher a sentar-se numa cadeira de couro ao lado da cama do velho.

-James, fala-me do acordo com o governo para a construção da refinaria na Suíça.

- Ahorita? mas...

-Agora sim. Parece que estou a melhorar, quando recuperar, dentro de algumas semanas, voltarei a dirigir a empresa e vais arrepender-te de ter estragado o sobrinho.

James olhou para a mulher com um ar triste, pois tinha consciência de que, embora o avô tivesse momentos sem dor, sabia que o seu cancro era terminal e que não havia volta a dar.

-O meu desejo, avô, é que recuperes e voltes para a frente de batalha. -disse resignado, animando-o.

-Vamos jantar", disseram as duas enfermeiras que esperavam à porta do quarto. "Força", disse James, "eu também vou para a cozinha", disse a mulher enquanto olhava para o marido com os olhos apertados, "mas Harriet, acabámos de chegar", "sim, mas é melhor discutirem o vosso assunto.

James nem sequer conseguiu impedi-la, devido à rapidez com que ela saiu do quarto.

Ele é um verdadeiro charme", observou o homem senil, "e também tem mau feitio, e tem-no a si com um pé atrás.

E, no entanto, estou apenas a começar a conhecê-la", disse uma voz dentro de James. Quando ele se virou por cima do ombro.

- E quanto tempo é que vai estar aqui?

-Ele veio para ficar.

-Isso é perfeito, espero que seja uma esposa duradoura, além disso, precisavas dessa coisa de andar com um e outro namorado, não te convinha, já não és um rapazinho... Adorava que amanhã de manhã ela viesse cá, quero saber mais sobre esta rapariga.

-Fique descansada, Avó, ela há-de vir. -assegurou Harriet, no fundo agradecida por não ter dito nada sobre o seu primeiro casamento.

Na sua cabeça, começou a sentir um sentimento estranho que nunca tinha experimentado antes e era ciúme de Louis, o ex de Harriet, mas porquê, perguntava-se ele. Talvez porque no fundo nunca ninguém o tinha amado verdadeiramente, as namoradas que tinha tido eram apenas pelo seu dinheiro ou por ser bonito, mas nada de amor sincero.

Dizem que é aos 30 anos que os homens amadurecem e mudam para melhor ou pior. E Tiago estava a começar a querer o que toda a gente quer: uma família e alguém para amar.

- Lembra-se da sua avó? Era parecida com ela na sua cara bonita quando era jovem. Embora, obviamente, a tua avó fosse de uma categoria diferente.

Quase nenhuma dessas memórias de infância ficou na mente de James, porque a sua avó morreu quando ele era quase uma criança.

-Sim", disse o avô, olhando para o tecto como se se lembrasse de quando tinha a idade do neto.

-Espero que sejas muito feliz, como eu fui com a Ângela, ela tem o mesmo cabelo loiro e os mesmos olhos cinzentos que ela. Lembro-me dos meus anos de juventude, James, quando passávamos os Verões a ver o pôr-do-sol e eu beijava aquelas bochechas rosadas, tal como as daquela empregada.

James corou: "Avô, estás a dar-me dicas, obrigado por isso. Imediatamente, os dois riram-se.

-Lembrem-se, a voz da experiência fala, eu sei muitos truques. Só te digo uma coisa, espero que saibas tratá-la bem como eu não soube e a tua avó deixou-me antes de morrer. Lembra-te, o amor é como o fogo, tens de lhe atirar pedaços de lenha, não o deixes transformar-se em cinzas, porque é muito difícil que volte. Pelo menos dos dois lados. Eu amava a tua avó, mas magoava-me que ela nunca quisesse voltar para mim. -confessou ela com os olhos ligeiramente brilhantes.

Depois, de um momento para o outro, começaram a falar de negócios até ele adormecer, ressonando como um bebé. James ficou prostrado em frente ao avô e reflectiu sobre algumas coisas da sua vida, era a primeira vez que alguém fazia realmente algo por ele, Harriet, e ele começava a sentir coisas de que não gostava, afecto. Era um mundo novo para ele Harriet, ela era simples e não ligava a luxos nem a modas de estilistas, pelo contrário, de todas as mulheres e classes sociais que ele conhecia, a maioria só ligava a coisas banais como essas. Além disso, sentia-se demasiado atraída pelo facto de ser muito capaz.

Depois de apagar as luzes, beijou o avô enquanto dormia e saiu, foi directamente para a sua cama, estava exausto, mas quando passou pelo quarto onde Fiorella ia dormir, parou, ao fundo, atrás dele, estava Harriet a olhar para ela, entrou curiosamente e cumprimentou-a de novo com sinais para não a acordar, ela sorriu-lhe e ele aproximou-se do local onde a bebé dormia tranquilamente, tinha apenas meses.

- É espantoso como o vosso bebé é bonito", sussurrou James, tentando não fazer barulho, "é igualzinho a ti, tem o teu cabelo dourado e os teus caracóis, e a cor da pele.

-Sorriu e segredou: "Sim, especialmente eu, sou um amor.

Ele sorriu de volta maliciosamente.

Levantou-se e aproximou-se: "Olá, obrigada, nunca imaginei que preparasse este quarto para o meu bebé.

-Não tens de lhe agradecer, era o mínimo que eu podia fazer, ela merece isto e muito mais, é uma princesinha.

- Parece mesmo a mamã, não achas? - brincou ela. -Ele acenou com a cabeça, mordendo o lábio.

- Sabes, a minha avó, apesar de ele te ter falado mal só contigo no início, disse-me que eras uma boa rapariga, que até o influenciavas muito, porque ele contou-me coisas sobre a minha avó e sobre ele, coisa que nunca tinha feito antes.

Ela pegou na mão dele e disse: "Não te preocupes, estarei aqui enquanto precisares de mim, não há problema para mim, aguentarei alguns olhares maus e comentários da tua família.

Agradeceu-lhe no momento em que sentiu a sua pele e pensou na sorte que a sua ex teve por ter tido uma mulher assim, valiosa em todos os aspectos para além do facto de ser muito bonita, com pele cor de azeitona e olhos azuis acinzentados e uma silhueta muito feminina que qualquer mulher invejaria.

Harriet dirigiu-se à janela com vista para o mar, - há quanto tempo vive aqui ou é dona desta casa?

- Esta mansão foi um presente do meu avô, há um ano, quando ele estava noivo da Julieth.

-Pois é, vejo que os ricos pelo menos gostam destas coisas, bem, embora olhando para ti, estejas sempre a trabalhar.

Ele sorriu: "A propósito, vejo que usas a nossa aliança de casamento como colar, que estranho.

-Não, é que ontem perdi-o e esqueci-me de o usar, não te preocupes, vou usá-lo sempre.

Capítulo 15

- Bem, mudando de assunto, Tiago, vi que a minha roupa está no teu armário e estava a pensar se não achas que vou dormir no teu quarto, ontem fi-lo porque não vieste, mas hoje?

Ele observou-a com astúcia e deu-lhe um sorriso malicioso.

És a minha mulher, lembras-te? Quer haja ou não amor, legalmente tudo é válido.

-Sim, mas...

-Nada, mulherzinha", disse ele, pegando-lhe na mão e fechando a porta de Fiorella, mas não sem antes lhe dar um beijo.

De volta ao quarto, estava intrigada, como era possível que aquele homem sexy de cabelo castanho e olhos de leopardo estivesse a olhar para ela com malícia, além de que não se sentia incomodada pelo seu cheiro e óbvia masculinidade e tratamento, obviamente.

-Mas nós casámos ilegitimamente, James, quero dizer, sentimentos.

-Falsamente ou não, o nosso casamento é legal Harriet, não estás a cometer um pecado se pensas assim.

O ritmo cardíaco dela estava acelerado porque ele a estava a deixar tão nervosa com o seu perfume de feromonas. Ela juntou as mãos para mitigar a sensação de transbordamento no seu peito.

- Nunca quiseste dormir comigo? -disse ele, tentando convencê-la.

- O quê, estás a falar a sério, mal estou a olhar para ti, eu sei que é legal mas também não abuses da minha bondade. - respondeu ela o mais séria possível, mas uma parte dela queria experimentar os seus abraços e beijos nessa mesma noite. Não, nunca pensei no que estás a dizer... pareces um adolescente com hormonas em fúria, e estás enganado se te vou montar homenzinho.

No entanto, no fundo, Harriet estava desejosa de provar os lábios que nunca tinha provado há 15 anos. Ela ansiava por um homem que a percorresse da cabeça aos pés, e nada melhor do que um homem que ela amava, bem, ou que estava a começar a agitar as coisas na sua alma novamente.

-Não quero dormir aqui, é imoral", disse ela, mordendo os lábios, mostrando que queria ser tomada como mulher pelo garanhão.

Depois, o fogo dentro dela aumentou quando James despiu o fato e depois a camisa, revelando o corpo tonificado de um atleta olímpico. Antes que pudesse ver mais, Harriet virou-se para trás.

-James, o teu quarto é maior do que o apartamento que eu alugava antes. -Ei, eu posso dormir no chão, não sou assim tão especial, e assim ninguém suspeitará, sairíamos do mesmo quarto todas as manhãs e seríamos vistos pelos criados.

Se é isso que queres, não te preocupes, não penses que sou sexualmente doente e que me vou levantar e tocar-te exclusivamente, não, não se tu quiseres", murmurou,

- Não ouvi o que disseste?

- Que os quartos foram feitos para pessoas casadas, mas também para estranhos.

- Vou acabar umas coisas no meu gabinete, tu podes dormir na cama, eu prometo dormir no chão, oh, esqueci-me, há uma das enfermeiras que vai ficar a vigiar a Fiorella toda a noite, eu aviso-te para estares mais descansada. Saiu imediatamente e apagou as luzes do corredor.

Harriet não podia acreditar que James era tão simpático e que tinha pensado em tudo para o seu conforto. Por volta das nove horas, sentiu-se exausta e pensou em ir para a cama, mas, apesar de ter a palavra de James, por uma questão de paixão, preferiu dormir no chão.

Por volta das 7 horas do dia seguinte, os seus olhos abriram-se e apercebeu-se de que estava na cama de James, mas é evidente que tinha estado a dormir no chão, pois acordara a meio da noite. De certeza que não estava a ser sonâmbula, alguém a tinha levado a dormir e a tinha colocado na cama e quem poderia ser senão o seu amado marido, Tiago.

Capítulo 16

Rapidamente vê o relógio e apressa-se, porque a essa hora Fiorella acorda sempre e começa a chorar de fome e, obviamente, não quer incomodar ninguém na casa. Recolhe os lençóis, pois não quer que as criadas saibam que ela está a dormir no chão, pois pode haver mexericos. Depois, saiu para o quarto do bebé.

Minutos depois, dirigiu-se para a cozinha, onde provavelmente alguém estava a tomar o pequeno-almoço e, com certeza, era quem ele imaginava: James Marshall, vestido com elegância para o trabalho.

Levantou-se da enorme mesa de mármore e respondeu-lhe: "Olá, amor", enquanto lhe dava um beijo carinhoso e repetia o mesmo com o bebé, para não levantar suspeitas às criadas que estavam por perto e que costumavam falar muito com o avô.

-Desculpem, estamos a interromper", disse Harriet.

- Não te preocupes, já acabei.

-Adorava ter a Cachinhos Dourados nos meus braços, não gostavas? -perguntou ele com entusiasmo.

-Vai em frente.

Ela estendeu os braços e ele abraçou-a com uma evidente falta de experiência, pior do que uma criança. Ela riu-se ligeiramente enquanto olhava para ele com um rosto de tristeza e ternura.

Ela derreteu-se ao ver como ele estava lindo com a filha nos braços, tão terno que, por segundos, desejou que fosse real. E ficou espantada por a bebé lhe sorrir e parecer que o conhecia há anos. -Ele observou a cena durante minutos.

Depois disso, Katherine veio da cozinha para a sala de jantar com alguns petiscos e chá, o pequeno-almoço para Harriet. Já tenho o leite em pó para o bebé", disse ela enquanto puxava o andarilho para um lado.

-James, não quero atrapalhar, é óbvio que ainda não acabaste o teu pequeno-almoço; vai lá.

-Não me incomoda nada que as minhas duas princesas preferidas estejam lá.

Quando Katherine saiu, Harriet sussurrou-lhe: "Queria dizer-lhe que não sou sonâmbula, mas o que estava eu a fazer na sua cama de manhã? Não sei como lá fui parar.

Sorriu com ar de zombaria: "Como te vi enrolada e com frio, senti-me à vontade para te pôr na minha cama, pois não és muito pesada.

Harriet corou e sentiu-se por momentos como a esposa mais amada do mundo com que sempre sonhara.

-Que bom que este bolo é", disse Harriet, que nunca tinha provado um bolo como este.

-O jovem Marshall tem os melhores cozinheiros de Seattle, menina", disse Katherine enquanto ia para a cozinha com algumas coisas.

- Tens alguma coisa em mente, Harriet, para fazer hoje?

-Não, mas se me atribuírem algo, terei todo o gosto em fazê-lo.

-Não, só quero dizer que não tens carro, pois não?

-Não tenho nada, tudo o que me pertence está nas minhas três malas.

James sorriu com um sorriso malicioso.

-Bem, hoje o meu assistente virá com um cheque, para que possas ir às compras, mais tarde levo-te a comprar um carro, - entretanto o meu motorista Michael leva-te, certo? -disse ele, olhando-a com doçura, enquanto saboreava uma fatia de bolo e chá.

Não acredito James, não mereço o que me estás a fazer, quer dizer, fico feliz por te ajudar, mas estás a exagerar... esquece o carro, não sei conduzir, e levo-te às compras só para me distrair um pouco.

-Não me custa nada, além disso, és minha mulher.

-Sim, mas não preciso de carros nem de luxo. Apenas comida e um tecto sobre a minha cabeça.

Ficou impressionado com a simplicidade e o altruísmo dela, apesar do seu estado.

-Não menina, tens de te divertir, depois de vires às compras, quero que vás ter com o velhote, ele disse-me que o devias visitar.

Após alguns minutos a saborear o pequeno-almoço, a mãe de Tiago descia as escadas, obviamente devido ao barulho dos seus sapatos. De manhã estava habituada a estar impecável, ao entrar na luxuosa cozinha olhou para todos com alguma preguiça e foi passando até que olhou para o meio do carrinho de bebé da Fiorella e murmurou - uau! Ela está tão gira, querida, como estás? E bom dia para ti Harriet", disse gentilmente enquanto se sentava ao lado de James.

E qual é o nome do vosso bebé? -perguntou ele.

-Fiorella.

- Mmm, bonito nome", disse num tom egocêntrico, depois virou-se para o filho: "Vou precisar do motorista, vou fazer umas visitas.

-James, vou acreditar na tua palavra, no que me disseste ontem", declarou Harriet sem fôlego.

- A sério?

Sully olhou para ela com indiferença, e para onde vais?

A minha mulher vai fazer umas compras e o Michael vai levá-la, mas não te preocupes, eles devem chegar primeiro para ele te poder levar.

Sully olhou-a de soslaio, com vontade de lhe atirar os seus comentários mordazes, mas conteve-se por um momento.

-Além disso, mãe, tens um motorista, liga-lhe e pede-lhe que te venha buscar, acho que ele não está muito ocupado,

Interiormente, Sully estava a morrer de raiva por o seu filho ter preferido a sua mulher a ela.

Harriet não suportava passar a manhã inteira com a sogra, os seus comentários ofensivos irritavam-na cada vez mais, por isso concordou em ir às compras e aproveitou o comentário da sogra. Talvez fosse fazer compras baratas, não nas lojas que costumavam frequentar, mas também tencionava visitar alguns locais turísticos.

Quando o empregado entregou o cheque a Harriet, no interior da limusina, esta recusou-se a aceitá-lo.

—Não posso aceitar, Lucas, é demasiado dinheiro. Dez mil dólares só para ir comprar um par de roupas.

-É uma ordem que me deram, não é nada para eles, acredita. Depois de aceitar, foi fazer tudo o que tinha em mente. Levou o bebé ao parque da cidade de Seattle, comeu um gelado e foi a uma loja de vestidos modestos, comprou algumas peças e depois foi visitar alguns museus e parques.

Quando regressou, Harriet foi directamente para o quarto de Fiorella para dormir a sesta. Quando estava prestes a entrar, uma das enfermeiras estava à sua espera no corredor e disse-lhe

Ainda bem que está aqui, Sra. Marshall, o Sr. Hermes deu-me ordem para que, quando chegasse, ele viesse vê-la,

No seu íntimo, Harriet desejava desaparecer, pois não queria passar pelo que tinha passado ontem e, desta vez, sozinha, não teria a ajuda de ninguém. Com toda a sua dor, seguiu a enfermeira até ao fim do corredor de madeira. Depois, a enfermeira abriu a porta e saiu, deixando-a sozinha.

-Olá, Sr. Hermes", saudou Harriet com uma voz receosa, "espero que esteja bem, vejo que tem agora uma bela vista para o mar.

-Olá menina, não tenhas medo, eu não mordo, vem mostrar-me o pequenino.

Ela fê-lo e colocou-o perto do velho.

-É linda, faz-me lembrar a minha filha Sully quando era pequenina, excepto as coisinhas pequeninas deste bebé que é uma gracinha.

Capítulo 17

- Bah", exclamou, "este sobrinho mimado não me disse nada disto, vai ter de me dar uma explicação, perdi o seu nascimento e os seus primeiros meses", disse um pouco irritado enquanto tirava o respirador de oxigénio.

-Estou a ver que vim num momento difícil, senhor.

-Não vás, rapariga, não é costume encontrar uma neta todos os dias e muito menos com o sobrinho que tive, namoradas e namoradas e nunca tive uma neta, o que é sempre bom para a alma de um velho", disse ele um pouco rouco e com a respiração pesada.

Harriet sentiu-se mal nesse momento porque estava a mentir de alguma forma, querendo dizer ao velho que James não era o pai e que todo o casamento deles era uma farsa. No entanto, esforçou-se por manter a boca fechada, sobretudo porque a alegria que deu ao Sr. Hermes ao ver a sua "bisneta" era genuína e não queria estragar esse momento com más notícias.

Chama-se Fiorella", disse ele enquanto a colocava ao pé da cama do velho.

-Olá Fiorella, diz olá ao velhote, ao teu avô, como está o bebé? Que bebé tão bonito que ela tem. Depois disso, o bebé não parou de rir durante muito tempo.

- É uma rapariga grande para cinco meses de idade", observou ele, "mas não vejo grandes semelhanças com James, espero que não haja uma terceira pessoa", murmurou enquanto lançava a Harriet um olhar de detective.

-Claro que não, como tu pensas, eu só tenho olhos para o James, não fiques com a ideia errada, ela é filha dele. -respondeu ela sem fôlego, mantendo os olhos nos dele para não levantar suspeitas, e para não levantar as suspeitas dele.

- Bem, se assim for, acho que é adorável, além de que adoro bebés, dão alegria à vida.

Passado algum tempo, a conselho da enfermeira, ela disse ao homem que estava na hora do seu medicamento e que ele tinha de descansar, depois, com algumas birras, ele concordou e Harriet saiu do quarto.

Algum tempo depois, James chegou e subiu ao andar de cima com o avô, mas não conseguiu entrar porque o especialista disse que ele estava a dormir, por isso foi ter com a mulher e também não a encontrou em nenhum dos 13 quartos do andar de cima.

- Para onde é que ele foi? Tanto quanto sei, ele já devia ter voltado.

James desceu as 50 escadas e entrou na enorme cozinha, sentiu que os cozinheiros estavam a preparar alguma coisa e, para sua surpresa, Harriet estava no meio deles a ajudá-los a fazer bolonhesa e tarte de framboesa.

O James entrou e os olhos dela ficaram todos encantados, depois ele disse.

-Catarina, ela não devia estar a fazer isto.

-Perdão, senhor, mas...

-A culpa é minha, James, eu queria fazer esta receita.

-Está bem, não te zangues", brincou, "espero por ti no meu gabinete, sabes onde, quando acabares isso, meu chefe.

 -Muito bem", disse Harriet com bom humor, "vou acabar agora.

Passada uma hora, Harriet bateu à porta do espaçoso gabinete de James com mais confiança do que antes.

-Vai em frente.

- Havia alguma coisa que me quisesses dizer?

- Bem, não exactamente. Vejo que estás cada vez mais espectacular", disse James.

- Sempre fui assim, não mintas, não gosto de falsos elogios.

-Não é a fingir, é a sério, estás fantástica. A enfermeira disse-me que foste com o meu avô há pouco tempo, como é que correu?

Foi mais agradável do que ontem, falámos durante muito tempo e depois deram-lhe o medicamento.

-Mas não disse nada sobre a rapariga?

-Não, não te preocupes. Ele adorava, de facto, gostava tanto da Fiorella que até se ria das caras dela.

Ele sorriu, -sim, o meu avô é assim, um velho com alma de criança, bem, sinto-me mal por não lhe dizer a verdade, mas não há outra maneira, se ele fosse saudável fá-lo-ia, mas no estado em que está não quero causar mais problemas.

Mandei chamar-te porque queria dizer-te uma coisa. Amanhã, às 8 horas, vamos a um evento no Teatro da 5ª Avenida.

- Tenho de ir? - perguntou ela com espanto.

-É claro que é a minha esposa, todos vão com os seus parceiros e eu não quero ir sozinho, vou presidir a um pequeno discurso e apresentá-la. O homem de negócios mais importante não pode ir sem um parceiro.

-James, porque é que me estás a pôr na berlinda? -Ele recusou: "Não tenho vestidos de noite, nunca fui a uma reunião de milionários, e onde é que a Fiorella vai ficar?

- Só iremos durante algumas horas, altura em que ela estará a dormir e, obviamente, a ser cuidada pela enfermeira.

-Mas eles não cuidam do teu avô?

-Sim, mas haverá um extra, um pagamento especial. -Diz que não tem nada para vestir? Não importa, vou chamar um estilista conhecido da família agora mesmo.

Capítulo 18

-James, não é nada de especial, posso usar qualquer coisa.

- Quem é que acha que faz os meus fatos por medida?

- Uau, nunca pensei que fosses um metrossexual.

-Não é isso, eu só gosto de me vestir bem, amanhã ela vem fazer compras contigo.

Ela acenou resignadamente com a cabeça.

- Que aldrabão, em nenhum momento do contrato que assinei mencionou que eu faria tudo isto, é um aldrabão", sorriu com indulgência.

- E se eu fizer figura de parvo nessa reunião e ficarem mal vistos por minha causa?

- Já tenho na minha cabeça o que vou fazer, mas tu és tão beijável e abraçável que isso não importa.

Ela namoriscou com um olhar e acenou com a cabeça - "sobretudo isso, mas também não quero que te babes todo por mim, bem, só um bocadinho". - Ela imaginou.

- Mas não achas que não é apropriado sairmos? Quero dizer, sabendo que o teu avô não está bem.

- Harriet", disse ele pegando-lhe na mão, "o meu velho não sabe que está a morrer, pensa que vai recuperar, mas é algo que os especialistas já decidiram, pode desconfiar e o seu martírio seria pior. É por isso que quero fazê-lo como se fosse real, ele conhece-me e sabe que eu era muito sociável e saía muito com o meu ex, por isso, se eu mudar assim, ele vai pensar que é um plano macabro meu e vai fazer-me a sua fortuna.

Depois de dizer isto, pegou na mão de Harriet e levou-a para a varanda do seu escritório, com vista para as montanhas e parte do lago.

- O meu avô adorava este jardim, na verdade, não vinha muitas vezes ver-me, vinha vê-las e parte-se-me o coração ao pensar que não poderá voltar a vê-las florir na próxima Primavera.

Harriet olhou-o nos olhos e ele apertou-lhe as mãos, - Lamento, a vida é demasiado curta.

- E pensar que o meu avô é um dos 25 homens mais ricos da América e que nem o dinheiro o pode salvar agora.

Ela acenou com a cabeça, um pouco triste por ele. - E acrescentou: "Eu conheço este processo, quando o meu marido morreu, foi terrível. Às vezes pensamos que vamos ter sempre aqueles de quem gostamos, como a minha mãe se foi embora e isso magoou-me muito, não sabemos o que é viver contra a maré lá fora e ainda mais quando não temos ninguém que nos diga uma palavra simpática de cada vez que chegamos a casa do trabalho com a alma destroçada.

"Desculpa, minha mulher", pensou James enquanto olhava para as bochechas vermelhas e os olhos bonitos dela, querendo beijá-la, mas estava a lutar contra aquele sentimento que nunca pensou vir a sentir: o amor.

- Amava-o? - perguntou ele de repente. Ela evitou a pergunta durante alguns instantes e depois respondeu. - O que mais me magoa na sua partida é que ele nunca soube da Fiorella, quer dizer, nunca soube que ela ia ser uma rapariga.

- Peço imensa desculpa.

-Não se preocupem, já ultrapassei isso com a chegada do meu bebé", sussurrou ela, com a voz quase a quebrar.

- Não chores", abraçou-a com ternura.

- Fala-me mais sobre ele.

Ela olhou para baixo e disse - como?

- Todos.

- Ah, não faz mal. Conheci-o na fábrica onde trabalhava, ele era chefe de linha e eu trabalhava no grupo, era um trabalho muito duro e ele era sempre simpático comigo, até me ajudava no meu trabalho, que não era o seu lugar. Pouco a pouco, tornámo-nos bons amigos, até que passou a ser um namoro e "casámos" em união livre. Ele era muito gentil não só comigo, mas também com as pessoas que precisavam de ajuda, ele esforçava-se por ajudá-las.

Cerrou os dentes e fingiu sorrir, mas no fundo não lhe agradava a ideia de que havia outro homem à sua frente. Era um sentimento que se apoderava cada vez mais dele, e isso incomodava-o; estava claramente a afeiçoar-se a Harriet Brown.

E os teus sonhos? - perguntou ele.

- Muitos desapareceram quando ele partiu, outros eram impossíveis de alcançar.

- Mas és jovem, ainda podes conseguir.

- Eu sei, mas as minhas prioridades mudaram desde que a Fiorella nasceu. E agora que faço parte da vossa família momentaneamente, tenho de cumprir a missão, os sonhos virão mais tarde", disse com um ar algo melancólico no rosto.

- Agora que olho para ti a esta distância, não vi essa cicatriz na tua testa, Harriet,

- Eu, mas onde? - Está na tua bochecha", disse ele maliciosamente até se aproximar o suficiente para a beijar apaixonadamente. A Harriet ficou gelada ao ponto de sentir uma descarga de adrenalina no estômago.

- Ei, porque é que fizeste isso? - a praticar.

Nesse momento, entrou a mãe de Tiago, com um ar pouco amistoso.

- James, devias estar com o teu avô, ele está à tua espera há algum tempo, - obrigado mãe, até à vista, querido.

Harriet, sem pensar", disse ele, "vou à cozinha. Lembrem-se que eu estava a preparar o queque.

Saíram as duas ao mesmo tempo e deixaram a Sra. Sully com a sua amargura, pois Harriet não gostava da ideia de ficar sozinha com a sogra. Mas, infelizmente, passados alguns minutos, Sully chegou.

- Que bolo estás a fazer? - perguntou ele com frieza.

- Um aperitivo para o jantar.

Saiu imediatamente para o quarto da filha, sem querer estar com ela.

E ali ficou para não entrar em conflito com o marido, que a empurrava cada vez mais contra a parede, ou seja, ela estava a ultrapassar a linha do enamoramento.

Finalmente, estava delicioso, disse para si própria enquanto tirava a massa do forno.

Depois levou a bebé para os belos jardins atrás da casa, que se estendiam por cerca de 300 metros, - minha Fiorella, pelo menos estamos a desfrutar destas vistas maravilhosas, em breve vou levar-te ao lago, entretanto olha! não gostas daquela flor roxa, a bebé sorriu e cortou uma flor, - pensou - isto vai durar pouco tempo, mas pelo menos é uma experiência que nunca vou esquecer. Sei que não vai durar para sempre, mas com as poupanças de todo este tempo vamos poder comer. Quando este sonho acabar, mesmo que seja uma mentira, é para o bem do Sr. Hermes. No final, a Cinderela que sempre fui voltará, mas enquanto formos princesas", disse ela, carregando a filha no ar e girando no jardim.

As horas passam a correr, tal como no dia anterior. Depois de a criança estar exausta, deita-a no berço e vai tomar banho ao quarto do marido e, para sua surpresa, ele não está lá. Vestiu um vestido verde-esmeralda que tinha comprado e desceu rapidamente as escadas para ir buscar o jantar. Na grande sala, estava Tiago com uma t-shirt sem mangas, ela olhou para ele de boca aberta, a masculinidade que Tiago exalava era tal que lhe derreteu as entranhas,

- Pensei que estava atrasada", disse ela debilmente.

- Chegaste mesmo a tempo. - Depois, examinou-a de soslaio: "Estás fantástica, essa cor fica-te muito bem.

Ela olhava timidamente para o Tiago por vezes, como só elas olham, era invulgar vê-lo desportivo, mas ele estava super sexy. Depois do jantar a mãe de Tiago ordenou-lhe - temos de ir a casa do meu pai - claro mãe, amor vem connosco agora mesmo,

Harriet teve vontade de dizer "não vou", mas era o seu dever.

Quando o Sr. Hermes entrou, a primeira coisa que disse foi - que netinho! Guardou muito bem o seu segredinho, e engravidou a sua mulher antes de casar, mas nem pensar, não me disse nada sobre ter uma herdeira, isso deixa-me muito nervoso, mas tenho de lhe dar os parabéns!

Harriet corou e olhou para James, que segurava a sua mão com ternura.

Ah, foi uma surpresa, avô", disse ironicamente.

Mas, filho, como é possível que me tenhas escondido uma coisa tão importante, eu tinha saúde, podia ter ido. Já era tempo de a trazeres para casa e, além disso, se eu não tivesse dito a um dos criados para ma trazer, não a teria conhecido. Gostei muito da bebé e só olhei para ela uma vez", disse ele, "por isso falei com o meu advogado e abri uma conta para ela.

Harriet olhou para o marido em choque e apertou-lhe a mão.

- Não senhor, não tem de fazer isso, a sério, o meu marido dá-nos o suficiente, além de que é ele que deve receber esse dinheiro, não nós.

- Menina, o dinheiro é meu e posso usá-lo como me apetecer. A minha neta terá a sua parte, é a única que tenho, e ninguém me vai impedir.

- Avó, não é necessário", interrompeu James, "eu posso dar-me ao luxo de gastar milhões com a Julieth, não acha que posso com a minha mulher?

A Sra. Sully interrompeu com irritação - "O quê? A um pai desconhecido, como é que podes fingir que a deixaste?

Filha, tu sabes muito bem que tens demasiado, por isso tenho o direito de dar a quem quiser, eu forjei o império e posso dá-lo a quem quiser, além disso, ela é minha bisneta, não é uma estranha, o dinheiro vai para ela, não para a mãe", sentenciou.

James dirigiu-se à janela, parecendo zangado com o facto de a situação ter ficado um pouco fora de controlo, não esperando que o avô quisesse deixar uma parte da herança à filha de Harriet, pensando que ela era sua filha.

- Não achas que ela é gira, James, a tua bebé? - perguntou o avô ao ar.

- Claro", respondeu ironicamente, "tem os meus olhos.

Capítulo 19

- Além disso, ele é parecido contigo quando eras bebé,

Harriet teve vontade de se rir, mas conteve-a apenas porque a mãe de Tiago estava ali. Embora, para dizer a verdade, o velho estivesse a olhar para coisas que não eram verdadeiras, Fiorella parecia-se mesmo com Louis e nada com James, e parecia que o velho estava a olhar para coisas que nem sequer eram relevantes.

- Filha", disse Hermes com uma gargalhada, virando-se para Sully, "és uma avó muito jovial.

Ela olhou para ele com olhos zangados, mas sorriu sem convicção.

- Se tu o dizes, pai. Não fazia mal nenhum levá-la às compras para que se possa vestir bem", comentou com rispidez.

- Não seria mau, - é bom para o James passar tempo com ela, senão arrefece o amor com as esposas, lembre-se que o seu marido a deixou por isso, penso eu.

Ao ouvir isto, a Sra. Sully mudou de assunto de propósito, lamentava que o pai tivesse dito aquilo à frente da nora, que não era a sua santa devoção, Harriet olhou para ela com surpresa, nunca pensou que uma senhora como a Sra. Sully tivesse sofrido tal coisa, vendo-a tão bonita e confiante.

De repente, entraram na messe duas criadas com chá e o bolo que Harriet tinha preparado horas antes, serviram-no e todos se deliciaram.

- Uau! Tenho de confessar que estava ainda mais delicioso do que o habitual Martha.

Quando ela saiu, o cozinheiro respondeu corado, - não senhora, não fui eu, foi a senhora, a mulher do seu filho.

Quando ouviu isto, quase cuspiu, mas fingiu que continuava a provar - e quem lhe deu autorização para andar por aí a testar receitas? É para isso que temos o serviço.

- Não comeces, mãe, ela tem o direito de fazer o que quiser, a casa é dela, por favor respeita-a.

Na manhã seguinte, Harriet e Jenny, a especialista em imagem, foram a um dos centros comerciais mais exclusivos da cidade para comprar roupa para a noite.

-Vejo que tem uma bela figura", disse ele ao entrarem numa boutique de luxo.

- Obrigada, não estou habituada a estes sítios", disse um pouco envergonhada. - Olha Harriet! Este vestido vermelho é da Dior, experimenta-o! - disse ela. - Harriet, toda nervosa, estava prestes a entrar num dos provadores, alguns segundos depois saiu - oh como estás linda, assenta-te como uma luva, com este vestido vais ser o centro das atenções - disse ela, - nós não os usamos.

- Mas a que preço, Jenny, me parece que é muito caro,

- É barato ao contrário dos que estão do outro lado, adorei-o, acho que é o vestido ideal para hoje.

- Barato?

- Ujum.

- Cinco mil dólares é pouco para um único vestido, esqueçam!

- Olha, eu conheci a ex-namorada do teu marido, ela costumava usar estes vestidos a toda a hora, e normalmente custavam mais de 10.000 dólares.

- Demasiado dinheiro, e como é que ela era?

- Ela era bonita, não mais do que tu, era muito mal-educada, coisa que te agradeço por não seres.

Harriet ficou com um pouco de inveja quando ouviu isso, e depois foram experimentar mais algumas coisas, como colares e maquilhagem.

- Impressionou-me, menina, é muito mais modesta do que ela", disse o especialista em imagem.

- Parecem-lhe uns modestos 15.000 dólares", sussurrou,

- Para o seu marido não é nada, ele usa fatos de marca trazidos de Itália com preços que chegam aos 12 mil dólares.

- Isso é uma loucura,

- É assim que os milionários são. - Uh-huh," acenou Harriet com incredulidade.

Parecia-lhe ridículo que gastassem somas exorbitantes em meros trapos. Também achava incrível que James, sendo tão rico, a tivesse escolhido para representar a sua mulher, mesmo que fosse mentira, pois certamente ele andava a ter casos com modelos. E sentia-se feia.

Ao chegar à residência de Sun Lake, Harriet sentiu-se em dívida com os enormes presentes do marido e começou a varrer grande parte das divisões, com olhares estranhos dos médicos que costumavam vaguear subitamente pelas salas das traseiras. Por volta das duas horas da tarde, sem saber que o marido tinha chegado mais cedo com alguns advogados, subiu as escadas e viu-a a limpar vigorosamente o quarto.

- Tanto quanto sei, não és a empregada, pois não?

- Tu? Tão cedo", disse ele com um ar de desagrado.

- Alguns investidores acabaram de sair.

- É para isso que serve o serviço, querida. Não tens de fazer nada.

Harriet recusou e disse - Estou farta. E claro que não, não é justo que tenhas gasto o teu dinheiro num vestido de 15.000 dólares para mim, sabes o que isso significa?

- Não...

- Bem, meio ano de trabalho, James, não podes gastar o teu dinheiro comigo, o que me dás todos os meses é suficiente, acredita.

- Querida, isso é o que costumo gastar em cafés com parceiros, vá lá, não sejas assim, és a minha mulher e mereces isto e muito mais", disse ele a brincar.

- Não mudas o mesmo sorriso de rapaz do James", disse ele ao sair do quarto com o aspirador e os produtos de limpeza.

- Vou tomar um duche...

- Posso juntar-me a ti, Harriet?

- Não, tonto", disse ele a brincar, "somos amigos, o James não brinca com isso.

- Ah! Esqueci-me, não levem a sério as palavras ofensivas da minha mãe, ela é sempre assim, orgulhosa e narcisista, é difícil fazê-la compreender, mas não a posso mandar embora, porque ele é o pai dela e ela quer passar os seus últimos momentos com ele, compreendam-na.

- Ela acenou com a cabeça, - não te preocupes, vou tentar ser o mais submissa possível.

- Bem, deixo-vos com isso e obrigado.

Às 4 p.m.

- Harriet, vamos para o lago, é agradável ao sol, vem comigo para te conheceres melhor", disse ela sorrindo e vestindo roupa de praia.

- Agora?

- Sim, porque não? O bebé já está acordado e está um dia lindo.

- Tudo bem, se o dizes, mas assim.

- Sim, é verdade, sigam-me.

Segundos depois, ela segurava o bebé Fiorella nos braços e ele acariciava-a, - que é o bebé moxa mais bonito. - O bebé estava sempre a sorrir.

- Olha, o James sorriu, nem parece dela.

- Ela é tão bonita como tu", confessou ele enquanto olhava para os seus belos lábios.

- Pára com isso, James, não finjas que estás aqui.

-Mas é claro que és linda.

- Ela, mas não eu.

Capítulo 20

- Vá lá, pára com essa inferioridade, és mais bonita do que qualquer outra pessoa que eu já conheci, tens um grande coração.

Alguns minutos depois, atravessaram o jardim até ao segundo conjunto de degraus que descia para o lago e depois para o pequeno cais de 100 metros que atravessava parte do lago.

- Uau, é lindo, a vista daqui é incrível, olha quantas mansões tem ali. É lindo. Que sorte a vossa, e aqueles iates, não me digam que....

- São meus, prometo que vamos dar uma volta no iate em breve.

-Eu adorava, a Fiorella parece que também adorava, e escondeu o seu único dente enquanto se ria.

-Ela está linda.

- Queres carregá-lo?

- Não sei como carregar bebés, da outra vez quase o deixei cair.

- Vá lá, ele não te vai morder.

- Não faz mal. - Ela pôs os braços a abanar devido à sua falta de experiência. -Ela riu-se: "Não sabes, na tua idade toda a gente sabe como carregar e olhar para ti.

Ele ficou nervoso e confessou, - porque nunca tinha carregado uma rapariga antes.

Ninguém imaginaria uma pessoa como tu na rua, solteira e sem filhos. De certeza que é muito procurada.

Quando acabou de dizer isto, uma das empregadas de mesa chegou com algumas bebidas.

- Sr. James,

Ele virou-se - oh! Bebidas....

- A mãe dele pediu-me para o trazer aqui, pela janela que ele está a ver.

- Já olhei para ele... Citlalli, agradece à minha mãe.

- E o elogio da tua mãe?

- O seu próprio material, de certeza.

Depois disso, o James encostou-se à base de madeira da ponte onde estavam sentados, - sabes como é a Harriet.

- Diz-me", disse ela, olhando para baixo enquanto se sentava.

—Deixaste-me impressionado ontem.

- Eu! Mas o que é que eu fiz?

- O que a minha avó disse, sobre deixar uma parte da herança à nossa filha. E como recusou, no seu lugar qualquer outra pessoa não teria hesitado em aceitá-la e depois lutaria comigo pela fortuna, e você, sem qualquer interesse, disse categoricamente que não, isso agora é invulgar.

- Não se trata de dinheiro, trata-se de valores, James, eu não sou uma harpia e, além disso, a minha filha não é absolutamente consanguínea com o teu avô e, bem, isso seria muito errado da minha parte e a minha consciência não o permitiria.

- Tenho-me esforçado muito para não lhe contar a verdade, e apenas porque ele parece entusiasmado por ter uma bisneta. O que me surpreende é a tua mãe, apesar de me odiar por não lhe ter contado.

- Não, talvez ela não goste de ti, mas não... Eu magoaria a minha avó se lhe contasse a verdade sobre isto.

- E mudando de assunto, James, em todos estes dias nunca te vi a dar um passeio por aqui, ou és como todos os ricos que não aproveitam o que têm.

- Actualmente, não tenho tempo para esta coisa da empresa, consome demasiado tempo.

- E passatempos?

- Gosto de boxe e de alpinismo e de fazer algum exercício. Lembro-me de quando estive em Itália e só esquiava.

-Há anos que não tirava férias.

- Tens de o fazer", disse ele, surpreendido.

- Quando tinhas 17 anos, provavelmente estavas no liceu e depois na universidade, eu trabalhava numa fábrica das 6 às 6 e mal tinha tempo para gozar a vida.

- Mas disseste-me que vivias em Nova Iorque com a tua tia.

- Bem, quando atingi a maioridade, ele não me expulsou, mas, por outras palavras, disse-me para ir procurar um sítio maior, que a sua casa não era um hotel.

- Desculpa, foi mais difícil do que eu imaginava", disse ele, olhando para ela com admiração pela tremenda mulher que tinha à sua frente e mais capaz até do que ele, que a vida tinha sido mais fácil.

- Vejo que esta é uma zona rica, e a vossa mansão, tanto quanto posso ver, é a maior.

- Aparentemente, os Walters vivem ali, uma das famílias mais ricas, e têm uma cadeia de supermercados, e nós tivemos alguns problemas nos negócios e rompemos relações.

- Por dinheiro?

- De forma alguma, foi uma rapariga que ficou obcecada por mim.

- A sério", disse ela enquanto olhava para ele com malícia.

- Sim, eu sei, olha para ti, pareces uma supermodelo, quem não repararia em ti.

Tiago olhava para ela com um sorriso no rosto, pois no fundo estava cada vez mais apaixonado por ela, que até o fazia suar frio às vezes e lhe dava sensações estranhas no peito.

- E tu que tens tudo, diz-me qual é o teu sonho, ou seja, algo que queres fazer e ainda não realizaste?

Virou os olhos sem tirar a cabeça do chão de madeira - e disse sem pensar. - Leva a minha mulher para a cama e faz amor com ela.

Estava tão chocada que não sabia se devia sorrir, ficar zangada ou dizer uma palavra. Como era possível, perguntava-se, que ela, uma mãe solteira e de beleza normal, pudesse provocar algo, pelo menos fisicamente, a este homem bonito que tinha tido muitas mulheres ao seu nível.

Para tentar dissipar a cena, salivou e sorriu.

- E o que queres que eu diga, James, com a tua proposta invulgar, sim, bem, a minha resposta é não, esquece, eu não sou qualquer um.

- Não, era uma piada," rectificou ele, "não penses que sou um maníaco, ei! Porque é que estás a fazer essa cara? - ele dobrou-se e virou-se com ela sentada, - Pensei que me estivesses a faltar ao respeito, - disse ela como uma adolescente, sentindo-se como se estivesse no seu primeiro encontro e discussão.

- Bem, está a ficar tarde", disse ele e sentou-se, "está na hora de a Fiorella dormir a sesta, senão ela vai chorar.

Ele pegou no bebé enquanto a mãe se levantava, olhou para ele com ternura e disse - James, tu sabes pegar em bebés, - graças a ti, Harriet, e eu aprendi num par de minutos. Depois entraram em casa.

Sentia-se como uma adolescente com borboletas na barriga ao saber que este homem, que tinha tudo, a achava sexy apesar da sua experiência com mulheres famosas. Isso fazia-a sentir-se a mulher mais bonita do mundo.

Quando voltou a entrar em casa, a mãe de James estava de pé com um grupo de mulheres aparentemente da alta sociedade, levantou-se e dirigiu-se ao casal. Filho, presta mais atenção ao teu avô, queria dizer-te uma coisa", disse ela, "não precisas de passar muito tempo com eles, não vai ser por muito tempo", acrescentou friamente.

Harriet sentiu pena dele ao lembrar-se do que ele tinha dito, sobre a infância de James, que ele queria mais amor do que dinheiro, especialmente da mãe, que era muito egoísta e egocêntrica e o tratava friamente desde a infância, talvez por despeito pelo marido que a tinha deixado depois de ele ter nascido.

No fundo, Harriet sentia-se protegida pelo marido como era defendida pela mãe, adorava os momentos em que ele a fazia sentir-se sua mulher e, de vez em quando, fazia-lhe elogios, como aquele de há pouco, em que James lhe disse, a brincar, que a queria levar para a cama.

- Vou dar-lhe banho", disse ele.

- Se quiserem, posso acompanhar-vos.

- Tu?

- Sim, - Porque não?

- Já que insistes, força. -.

Passado algum tempo, como uma bela família, lá estava James a dar banho à sua filha, bem, à de Harriet, e a brincar com a água na enorme banheira, salpicando a bebé Fiorella. Por segundos, Harriet deixou James brincar com ela e imaginou por segundos que o pai da sua filha era ele e não o seu ex Louis. O seu sonho mais bonito realizar-se-ia por segundos naquela cena. Mas, depois, aterrava e ela dizia a si própria, como um tique, que era temporário e que não devia ter muitas esperanças porque seria pior para as suas emoções.

Quem não gostaria de estar casada com um príncipe como ele; giro, milionário e amoroso. Todas as mulheres não me deixam mentir. E ela também não era excepção.

Assim que acabou de lhe dar banho, entrou uma das criadas. -. Perdoe-me a intromissão, senhor, mas o Sr. Hermes exige que o senhor e a Fiorella se vão embora.

- Obrigado, Fanny, vou já para aí.

- Gostarias de te juntar a mim?

- Não", disse ela sem sequer pensar nisso, "o vosso avô só quer que vocês os dois estejam presentes, deixem-me só vestir-lhe o casaco.

-Acho que é perfeito.

- Basta segurá-la com força para que não caia, embora ela esteja a ficar mais confiante a cada dia que passa, porque já não chora.

- Achas que não consigo lidar com este anjinho", disse ele enquanto se colocava à frente dela. A empresa que dirijo é uma das maiores da Europa, não achas que consigo lidar com esta coisinha?

- Bem, se a conheceres, ela pode ficar do teu lado bom. Eu provoco-o, corando. -.

A noite passou depressa, James saiu meio nu com uma toalha enrolada à cintura, atravessou a sala e deu de caras com a mulher, que se preparava para descer para jantar.

- Oops, desculpa Harriet, não pensei que estivesses aqui, vou mudar de roupa aqui, não te preocupes, - lembra-te que fui casada e não me parece estranho, vou-me virar e tu mudas de roupa enquanto eu olho para este vestido.

James vestiu rapidamente a roupa interior, não querendo desrespeitá-la, porque sabia que um dia Harriet aceitaria ter algo a ver com ele. - Já te podes virar", avisou.

- E esse vestido que tens na mão?

- Comprei-o esta manhã, o que é que acham?

Se quiseres, eu viro-me e agora tu mudas, -. disse ele,

-Os homens são mais propensos a ver e provavelmente é um alçapão teu, - disse ela. Ele insistiu.

- Bem, só o farei se me prometeres.

— A promessa do Urso. - Ele disse.

Enquanto ela vestia o vestido, ele perguntou-lhe.

- E tu, James, já estiveste assim com a tua namorada?

- Não, já tive alguns, mas normalmente não partilho o quarto em coisas desse género.

Capítulo 21

- Não me parece que sejas uma santa, não me digas que és virgem", riu-se enquanto se virava e vestia o vestido justo que lhe assentava lindamente.

Ele olhou-a maliciosamente e sorriu extasiado.

- Pareço-me com um padre de catedral?

- Não, mas também não me parece que sejas... virgem aos 50 anos, pois não?

- Não.

- E tu, tiveste sexo, como vejo, antes de te casares, Harriet?

- Ei, essas coisas são pessoais, não vou responder a pormenores da minha vida íntima.

- Porquê, não és o meu esposo?

- Não. Só que ninguém decide por mim as coisas que vão saber sobre mim, já agora, lembro-te que estamos sozinhos, vamos deixar isto de ser falsos, seremos sempre falsos -. sentenciou.

- Quem é que diz que não podemos ser alguma coisa?", sussurrou ele enquanto ela segurava a roupa que tinha despido.

Ela não respondeu.

Acabou de calçar os sapatos e pensou por um momento que era apenas uma questão de tempo até Harriet o aceitar. Por muito que não quisesse aceitar, James estava a começar a desejá-la demasiado. Já não olhava para ela como uma amiga, agora olhava-a como uma mulher encantadora.

Pela primeira vez, James sentia-se um verdadeiro homem por ter uma mulher como Harriet, sentia-se feliz, embora soubesse que tudo estava combinado. A mansão parecia finalmente um lar, não apenas uma casa vazia e cheia de luxo. - Gostava que ela ficasse para sempre", pensou ele durante alguns momentos.

Quando acabou de pentear o cabelo, Harriet estava sentada na cama e ele olhou para ela com olhos carinhosos e disse: "Ei, sinto-me feliz.

- Porquê?

- Bem, eu sinto que, não sei, acho que ter um bebé por perto me faz sentir feliz.

- Bem, quando te casares podes ter todos os que quiseres, provavelmente vão ficar lindos", disse ela, olhando-o com olhos ternos. Comentou, olhando para ele com olhos ternos.

Ele pensou por um momento e revelou: "Sempre quis ter filhos quando era mais novo, mas nunca apareceu a pessoa certa, as namoradas que tive eram sempre vazias e ocas.

-Nunca tinhas dito isso antes, gostaria de ter a Fiorella com a tua idade, mas com um emprego estável para lhes dar o melhor, mas sabes, as coisas acontecem por uma razão.

Admiro-a, Harriet", disse ele.

- Tu, eu? Bah! O que é que me vais admirar, tenho quase a tua idade e não consegui nada.

- Porque dizes isso? Ter uma princesa como a Fiorella é a maior conquista que se pode ter.

- Claro, obviamente, mas eu quis dizer que tudo tem uma consequência, quer dizer, teria sido melhor ter conseguido tudo antes de ela nascer, mas a vida é assim.

- Bem, ainda podes conseguir tudo o que quiseres, estou aqui para te apoiar em tudo.

Ela olhou-o nos olhos e ele pegou na mão dela, engoliu saliva e sentiu um fogo electrizante na pele, - Obrigado.

- Ele levantou-se e disse, tentando mudar de assunto. - O jantar vai estar pronto, James, - vamos embora.

Nessa noite, ao jantar, os olhares e os comentários da senhora não tiveram qualquer efeito sobre ela, parecia que de cada vez a atracção que ambos sentiam dissipava todas essas coisas. Não parava de pensar em voltar a dormir na cama de James, e tinha pavor de passar dos limites durante o sono, e se se aproximasse demasiado dele e ele a adormecesse, isso aterrorizava-a, mas ao mesmo tempo excitava-a demasiado. Começava a desejar as carícias de um homem e mais como ele, mas confiava na palavra dele para não ultrapassar essa barreira. Embora uma parte da sua cabeça lhe dissesse para concordar, outra dizia-lhe que isso iria violar a fidelidade do seu falecido. Embora ela não tivesse muita experiência na área erótica, James parecia ter de sobra.

- Em que é que estás a pensar? - perguntou James.

- Nada.

- Parecia demasiado pensativo. - Naquele momento, foi alertado para uma chamada importante e saiu.

Olhou para baixo e ficou sozinha na sala, encontrando o olhar da mãe de Tiago do outro lado da mesa da sala.

Sem pensar, perguntou-lhe, só para não ter de suportar aqueles momentos embaraçosos de silêncio. -Sra. Sully, vai juntar-se a nós amanhã para a reunião do seu filho?

-Ele olhou para ela com indulgência e respondeu com frivolidade: "Sim, claro que vou, são negócios, além disso o meu pai é muito exigente e eu acompanho sempre o meu filho a este tipo de eventos.

Harriet abanou a cabeça com ar de desconforto.

-Mas não se preocupe, rapariga", acrescentou, "normalmente as reuniões duram seis horas, mas para o seu bebé pode vir mais cedo, tanto o meu motorista como o Michael, já o conhece.

Nesse momento, James regressou e de que é que falaram?

-Da reunião de amanhã.

- Foi por isso que foste às compras com a Jenny, a especialista em imagem?

-A ideia foi minha, mãe, é um evento importante para os investidores e vou ser visto com a minha mulher, o que normalmente é uma vantagem psicológica.

Espero que tenhas escolhido um bom vestido", vangloriava-se a senhora, "não é um eventucho como as pessoas lá fora fazem, e vestidos baratos.

Harriet ficou irritada e retorquiu: "Bem, acredite ou não, eu sei como me vestir para a ocasião", olhou para ela com desprezo pelo seu desafio.

- Bem, nem penses que vais usar uma roupa qualquer, Harriet, é um evento importante e, olhando para os vestidos que costumas usar, não podes ir assim, são de péssimo gosto.

-Amanhã o meu marido decidirá se quer que eu vá com ele", respondeu ela com raiva.

Não faz mal, Harriet, acho que a minha mãe não fez de propósito, ela só quer ajudar-te.

Levantou-se e foi directamente para o quarto, furiosa com aquela pequena cena com a Sra. Sully, "ela é insuportável, só porque não sou da turma dela, está sempre a fazer asneiras, e o que eu preciso agora é de sentir aquela paixão pelo filho dela".

Mudou de roupa, vestiu o roupão e saiu para o quarto da filha, que dormia tranquilamente e, por um instante, a sua coragem dissipou-se e até se sentou ao lado da cama, a ternura da mãe era tal que a fez sentir-se bem. -Um dia olharás para o teu pai, meu amor.

Às sete horas da manhã, os raios de sol entraram e acordaram Harriet. Nesse dia, quando abriu os olhos, foi especial, sentado ao seu lado estava James com o seu rosto sensual e desgrenhado característico e o seu tronco nu, os seus olhos azuis faziam-na ficar sem jeito, e o que dizer do seu abdómen esculpido como os deuses, e dos seus peitorais fortes. - Como é que estás? Como é que acordaste?

Harriet sentiu uma emoção perturbadora ao vê-lo, uma espécie de fogo na pélvis que a fazia vaguear e gaguejar por vezes, mas acima de tudo era sempre cautelosa.

-Olá, James, pensei que...", sussurrou ela, engolindo saliva para humedecer a garganta seca do nervosismo e mordendo inconscientemente os lábios, com vontade de fugir ou de pôr a almofada na cara.

-Acho que ainda é muito cedo, menina.

-Não consigo dormir mais tarde.

Ah," interrompeu James, "ontem tinha uma coisa que te ia dar," disse ele, enquanto se aproximava da cómoda para a ir buscar, esse movimento aproximou-os tanto que Harriet sentiu o cheiro de James e sentiu-se à beira de lhe tocar, ele era tão irresistível, aquele corpo masculino, como o das supermodelos das revistas. -Era tão irresistível, era tão irresistível", disse Harriet para si própria. -continuava a dizer para si própria enquanto era invadida por estes sentimentos de adolescente.

- O que é isto? -disse ela com entusiasmo.

-É um colar e quero que o uses esta noite, vai ser uma noite especial.

Que giro que estás, uau, é lindo, mas por favor, James, pára de me comprar coisas", disse ela nervosa, tentando afastar-se e impedi-lo de o pôr à volta do pescoço, mas sem sucesso.

Espera, vira-te", disse ele, "vou pô-lo em ti, para veres como fica", ela sentou-se na beira da cama e James atrás dela, sentado de joelhos na cama, sentiu o hálito dele no seu pescoço e o cheiro do seu corpo enquanto as mãos dele percorriam o seu longo pescoço, a respiração dela acelerou tanto que até James reparou.

-Estás bem? -perguntou ele enquanto acabava de lhe apertar o colar.

-Respondeu sem saber o que estava a dizer.

Mas a astúcia e a sensualidade de James venceram o momento, - Harriet senta-te, - ela obedeceu, depois pegou nas mãos dele e beijou-lhe lentamente a boca, ela obedeceu e deixou-se levar pelo encanto do momento. A sensualidade dos lábios de James era, naquele instante, impossível de resistir, até que alguém bateu à porta. Ela pôs-se de pé e esfregou os lábios, olhando em volta incrédula por ter feito aquilo.

Peço desculpa", disse a enfermeira, "o bebé já tem fome, não queria incomodá-la, pensei que estivesse a dormir, mas começou a chorar, vou já para aí", disse Harriet, saindo para o corredor com um passo firme.

-Estarei lá em baixo", avisou ele nas costas dela, "estarei contigo ao almoço.

Agarrou nos braços da filha e saiu a tremer depois daquela cena. Ela sabia que, se continuasse a apaixonar-se por James a tal ponto, não haveria retorno, seria perigoso. Achava que o mais provável era que ele estivesse a olhar para ela apenas por paixão e não por amor, por isso dizia a si própria a cada momento que evitasse tais cenas para não cair cada vez mais em provocações.

Depois do pequeno-almoço, colocou as máscaras faciais e preparou-se durante todo o dia para a grande noite, acompanhando o marido e a senhora. O vestido vermelho e o decote profundo atraíram muita atenção, devido à sensualidade de Harriet, e os seus sapatos de estilo moderno tornaram-na espectacular. O vestido vermelho chegava-lhe abaixo dos joelhos, dando-lhe um toque de sensualidade e ao mesmo tempo de elegância, e realçava os seus olhos cinzentos. A corrente combinava com o seu cabelo louro brilhante. E as sardas realçavam a sua beleza exótica ainda mais do que o habitual. Era tempo de descer as escadas, pois estava quase na hora de partir. Temia descer e esperar as críticas mortais da sogra e, mais ainda, do marido, que certamente a esperava deslumbrante. Mas como não era perita em maquilhagem e outras coisas do género, decidiu ir na mesma. Algumas cozinheiras já lhe tinham dito que ela estava perfeita, mas não podia confiar muito nos elogios das mulheres, por isso decidiu descer.

Desceu as escadas devagar, enquanto o nervosismo a consumia... ao fundo da sala estavam os criados e James estava sentado ao lado da mãe, a conversar. Quando apareceu diante dos olhos dela, James olhou-a com uns olhos misteriosos, únicos nele, que lhe deram confiança durante todo o caminho até lá abaixo. James vestia uma Levita preta que o fazia parecer super bonito e elegante, com alguns laços e ornamentos e sapatos castanhos, o seu penteado era como o super masculino de Johnny Deep.

-Uau!", disse James. Olhando para a mãe, e depois olhando para Harriet, "Estás fabulosa,

Já era altura de desceres", murmura a sogra. Depois, olhou para ela com indiferença, enquanto a bombardeava da cabeça aos pés.

A senhora usava um vestido preto de marca e jóias de um milhão de dólares, o exemplo perfeito de uma senhora que é perita nestes eventos sociais.

Vamos despachar-nos, o motorista está à espera", disse.

Enquanto se dirigia para o alpendre, onde estava o seu carro de luxo, James pegou em Harriet pela mão e partiram com Michael como motorista.

Capítulo 22

Antes de tudo isto, James tinha-se despedido do seu avô. E Harriet despediu-se da sua menina, que seria cuidada pela enfermeira Benny.

A senhora estava furiosa com os olhares que o vestido de Harriet iria causar, demasiado sexy e ousado para a sua opinião, mas não havia nada que pudesse fazer, porque o filho tinha adorado o aspecto da mulher. Embora, para dizer a verdade, Harriet não tenha levado a peito os comentários mordazes da sogra nessa noite.

Era uma bela noite clara, cheia de luzes azuis que davam um toque romântico à noite. A senhora já tinha ido à frente para o Huslock Hotel, o hotel mais exclusivo da cidade de Seattle. James sentou-se em frente a Harriet e o motorista arrancou. Quando chegaram ao local, este estava apinhado de gente que gostava de ver pessoas elegantes e famosas a desfilar pela entrada do Huslock Hotel.

Desfilaram pela entrada principal. O local era gigantesco e estava lindamente decorado e tão cheio de luxos que, a certa altura, Harriet sentiu-se minúscula no meio de pessoas que eram evidentemente milionárias e mulheres com vestidos extravagantes. Havia mesas distintas e todo o tipo de decorações para animar o ambiente, para além de um enorme palco para discursos, sem dúvida. E havia muitas criadas espalhadas por todo o lado, fazendo-o lembrar-se da sua antiga vida. A mãe de Tiago aproximou-se e dirigiu-se aos Luxor, homens de negócios donos de cadeias de serviços: "Ena, a tua mãe conhece muita gente aqui", comentou, impressionada.

-A minha mãe é conhecida na alta sociedade desde a sua juventude, em muitos estados deste país.

Não lhe importava que a senhora a tivesse ignorado completamente e a tivesse passado para trás com aquela família poderosa, no final disse a si própria, porquê sentir-se mal se ela estava apenas a fazer um trabalho. O casamento deles não iria durar para sempre.

-Vamos tomar uma bebida, o que é que queres, Harriet?

- Há anos que não bebo um vinho, o que me dizem?

-Por mim, tudo bem", concordou James.

Dirigiram-se então para as mesas principais em frente ao palco, enquanto muitos o cumprimentavam com "Mr. James Marshall", obviamente ele segurava a cintura da mulher enquanto ela se dirigia para os lugares. Ela sentia-se maravilhosa e ansiosa, e amada pela primeira vez em meses. Imaginou como seria ter James a beijá-la e a sentir partes dela que normalmente não são tocadas em público. - Bem, eu volto já", disse James enquanto ia buscar o vinho.

-James olha. Atrás de si.

-O que é que se passa ali? James virou-se e olhou.

-O senador dos Democratas, certo?

-Sim, ele é meu amigo, posso apresentar-to? -disse ele. Ela baixou o olhar: "Não, ele apenas me impressionou, nunca imaginei que pudesse conhecer personalidades deste tipo.

-Nos negócios, querida, tu conheces toda a gente, a política anda de mãos dadas com os negócios", murmurou. Enquanto se sentava. -As Empresas Marshall são uma das maiores empresas do mundo e eu conheço muita gente de Hollywood.

-Conheces o George Clooney", disse ele, "claro, já saí algumas vezes com o empresário dele e com ele, negócios", disse ele.

-Estou ansiosa por o conhecer", sussurrou ela a brincar. James brincou: "Trocas-me por ele?

-Claro que não, seu parvo.

Um momento depois, James propôs à sua mulher ir dançar, ela aceitou sem pensar e dirigiram-se para o centro onde pessoas influentes e poderosas dançavam com os seus parceiros, a maioria com menos de 45 anos. Harriet sentiu-se como se estivesse num filme da Cinderela, onde James era o Príncipe Encantado e ela a princesa. Começaram a dançar romanticamente ao som da canção de Whitney Houston "I will always love you", ela estava colada a ele, sentindo as mãos dele na sua cintura e outra na sua mão, sentia a respiração dele perto de si, estava surpreendida com o facto de ele ser bom a dançar, por isso deixou-se levar por aquele ambiente romântico. A meio da canção, James sussurrou-lhe ao ouvido: "Queres que seja a sério?

Ela engasgou-se e, sem querer, bateu com o pé na canela dele, sem jeito, e depois quis endireitar-se e - disse ela - Como? não percebi.

Ele voltou a pegar nela e continuaram a canção, - desculpem a surpresa, mas tinha de o dizer, - James, pregaste-me um susto do caraças, a sério.

-Não estou a brincar, menina", disse ele, olhando para ela de uma forma que a fez tremer involuntariamente.

-Eu sei que sentes algo por mim", revelou enquanto começava a canção de Celine Dion "My heart will go on".

- O que é que disseste? -disse ela, baixando o olhar e corando tanto que os seus pés se tornaram lentos.

Perguntou-se instantaneamente como é que James sabia que ela sentia aquilo por ele, se ela não lhe tinha dado razões para suspeitar - perguntou a si própria várias vezes, enquanto cambaleava por vezes e era agarrada pelos braços fortes do seu amado marido à volta da cintura.

-Eu sei, Harriet, sei que sentes algo por mim, mas não o queres mostrar.

-Não digas isso James, eu nunca disse isso, são apenas as tuas suposições.

- Suposições? Sim, o seu olhar e a sua respiração sempre que me aproximo de si dizem tudo, menina, eu conheço as mulheres e não sou estúpido.

Ela queria ir a correr para a casa de banho, mas tentava conter-se o melhor que podia enquanto, de alguma forma, apreciava aquela bela canção, e James, por seu lado, deixou de insistir, deixando-se levar pelo momento enquanto sentia o corpo dela agarrado ao seu. É evidente que estavam a tornar-se o centro das atenções por serem os mais bonitos fisicamente e em estilo.

Quando a música "Kiss in the rain" de Yimura começou, ele disse-lhe: "Tu és a única mulher que me faz sentir assim, de só querer segurar a tua mão ou ir dar um passeio à beira do lago, sem pensar apenas em ir para a cama", olhou-a nos olhos e beijou-a com ternura perante alguns olhares invejosos das ex que tinham estado presentes. A mãe de Tiago observava-os de longe com um olhar assassino, sabia que a mentira estava a aumentar e isso não lhe agradava muito.

-James, porque me beijaste? Não tens de fingir que não conheces ninguém aqui que vá contar ao teu avô, pois não?

-Beijei-te porque quis," respondeu com firmeza....

- Não quero fazer isto", disse ele enquanto a dança continuava.

No fundo, não lhe agradava a ideia de que para James pudesse ser apenas sexo, mas ela adorava sentir-se assim e ser tratada dessa forma.

Ele olhou para ela com aqueles olhos penetrantes: "Nunca acreditei na tua primeira resposta", disse ele, "não achas que seria bom irmos embora agora, estamos a chegar lá, mas podíamos...

-Não, James, estamos apenas a começar a dança, além disso, é um espectáculo demasiado grande para ir às compras e não aproveitar a festa", disse ele.

Ele acenou com a cabeça e sussurrou: "Por mim tudo bem, mas depois fazemos o que os maridos fazem.

Ouvir aquilo deu-lhe uma emoção como quando estamos aborrecidos e alguém nos convida para sair, ela ficou excitada e as suas bochechas ficaram vermelhas. Ela sabia que não era uma coisa boa, mas sempre tinha sido uma boa rapariga, pela primeira vez ia aventurar-se, o que poderia acontecer? Apaixonar-se, e depois sofrer como uma parva pelo amor de alguém inatingível.

Nessa noite, James apresentou-a do púlpito a todos os milionários que não tardaram a aplaudir e a felicitar o homem de negócios mais rico de Seattle pelo seu belo casamento.

-James, alguma vez levaste a mulher amada do teu avô a eventos como este?

-Claro que sim, mas felizmente apanhei a mentira a tempo e não me casei.

Ela meteu uma sandes na boca e murmurou: "James, não te esqueças que a nossa relação é uma farsa.

Ele simpatizou com ela enquanto bebia um gole de champanhe - Eu? somos adultos.

-Além disso, tens sido o melhor marido, que não exige nada", sorriu com hesitação.

Capítulo 23

-Sim, eu sei, mas tudo pode dar uma reviravolta, não se esqueçam que os casos não fazem de uma mulher uma esposa ou, como as pessoas normais lhe chamam, uma afectuosa ou melhor, uma amante.

Engoliu saliva e mordeu os cantos da boca, com a pele a passar de cor-de-rosa profundo para vermelho arando em nervosismo.

De repente, quando a música acabou e eles pararam de dançar, uma mulher chegou como modelo e aproximou-se deles. Bem, bem, Sr. Marshall", disse ele ao aproximar-se do casal.

Era uma loira deslumbrante, alta, de aspecto russo, com sotaque francês, os seus olhos violetas a olharem fixamente para o homem de Harriet que, comparado com a outra mulher, não era nada mau.

- Julieth", disse ele com uma voz firme, enquanto lhe dava um beijo na cara. "Não esperava ver-te aqui", disse James enquanto lhe dava um sorriso malicioso.

"Não vou esquecer as recordações que tivemos nesta realidade, porque na outra realidade vamos recuperá-las" Arnut E.

- Eu também acho, mas tu deves ter ficado mais surpreendido, porque tu és o homem de negócios", disse ele, "e eu estou muito bem, vim acompanhar a tua mãe, ela convidou-me.

- O quê? - gritou ele, - a minha mãe nunca me disse isso.

- Os segredos das mulheres", sorriu, "temos muito que falar, James", disse ela de forma provocadora.

- Estou contigo, mas sobre o quê? - disse ele, dando um passo atrás dela.

- James, já te pedi desculpa há meses, aquilo do teu avô de eu casar contigo por causa da tua riqueza, no início aceitei, ele admitiu, mas quem não se apaixonaria por ti, fora do dinheiro. Não é preciso ser rico para chamar a atenção de uma mulher, tu tens tudo. Foi assim que te conheci. De certa forma, estou grato ao teu avô por isso.

Era a jovem Julieth que, no início, estava noiva de James e fez um acordo com o avô para o "tornar maduro" e um pouco responsável, mas James descobriu e separou-se antes de se casarem. Mas esta mulher também era linda, ao estilo de Harriet, mas com um tom mais europeu, pele de porcelana e azeitona, olhos como os de Elizabeth Taylor e um corpo esculpido.

Harriet tinha ciúmes da beleza de Julieth e ainda mais por ela ter partilhado o seu amor, queria agarrá-la pelos cabelos e arrastá-la para longe, mas conteve-se.

- James, esqueces-te de tudo o que vivemos, achas que isso foi falso? - disse ele, enquanto olhava para Harriet com um olhar frio e mesquinho.

- Eu fui manipulado pelo teu avô e por isso agi assim a certa altura, mas eu amava-te e sei que tu também me amavas, senti-o em cada beijo, admite, tu também me amavas, uma mulher sabe quando um homem a ama.

- Desculpa Julieth, acho que ouviste ou a minha mãe te contou; já casei com a Harriet e apresento-a a ti", disse ele com confiança.

Ela lançou-lhe um olhar de ódio e sorriu falsamente.

- Claro que toda a gente sabe que casou com aquela empregada", disse ele a brincar.

Harriet não se deixou silenciar e refutou-o sem cerimónias, na cara dele.

- Pelo menos ganhei a vida, ao contrário de outros que são apenas caçadores de fortunas, e não se esqueçam que agora sou a mulher do Sr. James Marshall, de certeza que têm inveja.

Ela olhou para ela e sorriu, engoliu o seu orgulho e mudou imediatamente de assunto.

- Olha, aí vem a tua mãe James.

A senhora chegou com um beijo e uma saudação pomposa a Julieth, que soube retribuir a lisonja.

- Querida, estás linda, atrais a atenção de todos.

- Obrigada, Chulis, também estás fabulosa. Telefonei-te hoje, mas não atendeste.

- Desculpe querida, hoje não estava na minha residência, estou com o meu pai na mansão Lago Sun, e acontece que as empregadas não me ouvem.

- Estou a ver, Sully, que devias contratar outra empregada", disse Julieth de forma mordaz, indirectamente, para fazer um comentário a Harriet.

- Bem, não tens de quê, Julieth, tens de vir visitar-nos, não seria mau para o meu pai que tem muita consideração por ti.

Harriet disse para si própria: "Aí não, nem penses nisso, par de lagartos". Mas, de repente, Harriet estava a olhar para a bela Julieth e pensou que o milionário sexy estava a mudar de planos por causa da sua aparência e a arrepender-se de não ter aceite Julieth, porque de todas as raparigas que tinha visto naquela noite ela era espectacularmente a mais bonita, mais bonita do que James a tinha descrito no início. Em comparação, não estava à altura de Julieth, disse para si própria, e a certa altura até se sentiu feia. É bom cumprimentá-la", disse Julieth, "Vamos, querida", disse a mãe de Tiago, enquanto caminhavam com ela pela esquina e brincavam com algumas personalidades.

"James, não quero perder-te", disse a voz de Harriet, vinda do seu interior, depois abanou a cabeça e pestanejou rapidamente, e o pensamento tolo e obsessivo desapareceu. Era algo que ela não queria sentir, não queria separar-se daquele homem lindo nunca mais.

- Vá lá, eu gosto dessa canção", exclamou ele enquanto acabava de comer o aperitivo e agarrava a mão de Harriet, que a puxava com astúcia.

- O que é que se passa, não queres voltar para...?

- Não", disse ela num tom que, por vezes, era de birra.

- Porquê?

- Já não me apetece, talvez por ser demasiado tarde.

- Ainda mal são 11 da noite e a diversão está apenas a começar.

- Quero alimentar a Fiorella.

- Agora? ela está a dormir tranquilamente, vai acordar de manhã.

-Só quero voltar", sussurrou.

James sorriu maliciosamente, - ah, eu sei, ciúmes, não que não sentisses algo por mim.

- Não é isso James, pára de brincar", disse ela, sorrindo com um ar malicioso no rosto, como uma adolescente nas suas primeiras explosões. Ela não queria parecer imatura como uma criança, mas não podia deixar de desconfiar.

- Uau, agora todas querem casar contigo, James, e aquela tipa não é excepção.

- Ela tem relutância em admiti-lo, mas há muito tempo que as coisas acabaram entre nós.

- Bem, os teus olhos estavam bastante atentos a ela", murmurou ele com reprovação.

- Ela é linda, não o posso negar, mas esquece a Julieth, agora tu...

- Esquece-a, porque ela vai em breve visitar o teu avô e, tanto quanto sei, ele desejou-a para ti.

- Bem, quando ela souber que temos um bebé, vai ficar resignada", disse James.

- A tua mãe não lhe disse?

- Não.

- Porque eu estava a pensar, Tiago, se aquela mulher descobre que a minha filha não é tua filha, vai contar a verdade ao teu avô e isso vai matá-lo por lhe ter mentido.

- A minha mãe não vai dizer nada e, no que me diz respeito, ela também não, o nosso plano vai continuar e, depois, se não quiseres aguentar mais, é cada um por si.

- Ah, e esqueci-me, o que combinámos anteriormente ainda se mantém", lembrou-lhe.

James tirou-a para dançar ao som de "up where we belong" de Joe Cocker.

- Vamos parar com esta discussão, vamos dançar esta balada, é uma das minhas canções favoritas. Quando te conheci em 94, não gostava de ti como rapariga, mas adorava esta canção, digamos que representava a nossa amizade.

Harriet estava cheia de sentimentos mistos de raiva, ciúme e amor e não se movia naturalmente devido à rigidez dos seus músculos que se recusavam a relaxar, sentia-se minúscula perante o estilo e a beleza avassaladora de Julieth, e sentia-se menor de cada vez que lhe chamavam criada e que não tinha passado por tais coisas, o que a magoava de alguma forma.

Capítulo 24

- Uau, não me tinhas dito isso", disse ela enquanto olhava para ele com olhos muito ternos, fingindo esconder a sua insegurança.

Apesar de saber que ela era a esposa, algo lhe dizia que, se aquela mulher, Julieth, estivesse naquela noite no bar buffet, ele certamente nunca a teria pedido em casamento, talvez o tivesse feito num acesso de raiva. O problema é que ela já estava na lama e não podia sair do acordo, tinha de ter sexo com ele.

Já tarde da noite e tendo passado momentos incríveis, mas também alguns amargos, James recordou-o.

Capítulo 2 5

- Vamos, temos algo para fazer.

Faz-se pequenina, quer fazê-lo, mas ao mesmo tempo não quer. Já perdeu o desejo. Só o facto de olhar para Julieth fazia-a sentir-se inferior, e ainda mais porque seria a terceira da fila. Era evidente que aquela mulher não ia deixar Tiago, sem mais nem menos, e era evidente que estava decidida a casar com ele.

Nesse momento, chegou a Sra. Sully.

- Filho, estou a ver que também se vai embora - sim, mãe, estávamos mesmo a sair. James pegou nas duas mulheres pelas mãos e saiu para o exterior, onde os respectivos motoristas estavam à espera.

- A Julieth saiu há pouco, não se quis despedir por causa da cena com o teu..., mas amanhã deve ir à mansão para falar, espero que a tua mulher não se zangue, não há razão para...", sussurrou.

- Sabe como é, minha senhora, não tenho razão para estar zangada", respondeu Harriet enquanto caminhava, "não sou dona de nada e não tenho autoridade para dizer quem vai ou não vai.

- James ordenou e caminhou com Harriet directamente para o carro, onde o motorista estava à espera deles: "Lamento, mãe, mas vai receber a Julieth, eu e a minha mulher vamos dar um passeio com o bebé, amanhã é Domingo e o tempo vai estar perfeito para irmos para as montanhas.

- Isso é uma falta de educação, James, ela sempre foi boa para ti e o mínimo que ela merece é receber isso.

- Mãe, eu sou casado, não te esqueças.

- Mas isso é falso.

- Podes falar mais baixo? - disse ele irritado, virando-se para o lado para o caso de alguém que ele conhecia não estar a chegar.

- Lamento.

- Não voltes a dizer isso", rebateu ele com raiva.

- Amanhã vou para as montanhas passear com a Harriet, percebeste?
Ela franziu o sobrolho com relutância e saiu com o motorista.

- Obrigado James, por não teres tido outro momento mau com a tua ex...demasiado....

-Não te preocupes, está muito frio aqui, vamos lá para cima.

No carro em movimento, estavam ambos a olhar pelas janelas para os enormes edifícios da baixa de Seattle, num ambiente romântico. - James", sussurrou Harriet, "achas que foste mal-educado com a tua mãe? Quero dizer, falaste mais alto do que o habitual,

- Não, Harriet, - a minha mãe sempre foi dura, mas não tem de se meter nos meus assuntos, quando tudo o que estou a fazer é o melhor possível para todos, além disso, se ela quer que a Julieth se vá embora, então é da responsabilidade dela tomar conta dela, eu já não tenho nada a ver com ela, ela fazia parte da minha vida, mas já não faz, isso é passado.

- Mas se alguma vez quiseste casar com ela, foi por uma razão, não foi?

- O que é que disseste, que não te importas com alguém que finge amar-te, mas que só quer os teus milhões?

Ela franziu as sobrancelhas e sussurrou, virando-se para o outro lado da janela: "Bem, o que estamos a fazer é praticamente a mesma coisa.

Não lhe agradava a ideia de que James a estivesse a usar de alguma forma para fazer com que a mãe e a nova rapariga ficassem mal vistas.

- Ei, porque é que a tua mãe é sempre tão indiferente, ou é só porque eu sou um obstáculo na família dela?

- Não digas isso, a minha mãe mudou muito segundo o que o meu avô me contou, foi desde que me concebeu, ela não gostava de engravidar, por isso o meu pai abandonou-a. E ela amava-o e essa amargura arrastava-a sempre para baixo, tornava-a fria.

- Não, não digas isso, ela pode ser fria, mas ama-te.

- Porque o "amor" deles sempre foi assim, muito distante.

- O facto é que o meu pai desapareceu um dia e nunca mais voltou. Segundo o que dizem as minhas tias, o meu avô ameaçou-o, embora eu duvide, mas, afinal, a minha mãe sabia onde ele estava no início, mas por causa das ameaças do meu avô afastou-se, o seu amor não era suficientemente forte para o seguir, preferia o seu conforto a viver com o amor da sua vida, mas coitada.

- Lamento muito, James, que não tenhas podido conhecer...

- Não faz mal, isso foi há décadas e não sinto nada pelo meu pai, se é que ele ainda está vivo.

-Mas foi uma coisa difícil para a tua mãe, suponho, afinal era o amor dela. Mas vê-se que a afectou. Pelos seus ataques a tudo... é um sinal de que não está muito feliz. - James pegou na mão de Harriet e fez-lhe carícias imaginárias na palma com o dedo enquanto o carro descia a avenida Nation Street, - O que estás a fazer, James?

- Uma vez fui de férias a uma ilha africana e o xamã disse-me que as raparigas que têm esta linha em forma de N em vez do M, conhecerão sempre o amor e serão felizes....,

Não mintas, seu tolo", disse Harriet, entregando-se ao amor.

- A sério, não tinha reparado na sua linha, além de ser tão suave. Entre as luzes traseiras do carro, James beijou com ternura os lábios doces de Harriet, ela fez-lhe a vontade e depois voltou para o seu lugar.

-Estamos quase a chegar, querida.

Tornou-se mais apaixonada, porque sabia que iam fazer amor nessa noite e isso fê-la tremer, mesmo que fosse falso da parte dele, para ela era demasiado real. Entraram em casa, Harriet foi ver o bebé a dormir e não quis acordá-lo, por isso foi directamente para o quarto onde James a esperava.

- Estás pronta? - perguntou ele, que já estava sem sapatos e apenas com uma camisola vermelha transparente.

- Nunca fiz nada disso, quer dizer, estar com alguém se não se...

- Não digas nada", disse ele enquanto levava lentamente o dedo aos lábios dela. Shhh, não digas nada.

Depois abraçou-a e ela começou a tremer, mostrando o seu nervosismo.

- Não tenhas medo, não precisas de tremer.

- É só que," disse ele, sem saber o que dizer. -.

Sentiu uma adrenalina invulgar que nunca tinha experimentado com Luís daquela magnitude, um calor extremo que a fez quase desmaiar e os seus poros arrepiarem-se de excitação. Depois começaram a beijar-se. E a noite começou para eles.

Quando abriu os olhos de manhã muito cedo, os sentimentos vieram à superfície, começou a recordar tudo o que ela e ele tinham vivido na noite passada. Sentiu-se amada pela primeira vez, ainda que apenas na sua mente.

Depois virou-se e James estava imóvel, de olhos fechados, a dormir como um bebé. Ela olhou para ele com espanto e lembrou-se de como aquele cavalheiro fez amor com ela como o seu marido nunca tinha feito antes. Isso fê-la ficar com os olhos marejados, assim como coisas novas que nunca tinha imaginado fazer. Ela desejava que isso acontecesse uma e outra vez.

Ela queria levantar-se calmamente porque ia ver o seu bebé, quando de repente ele abriu os olhos.

- Para onde vai a minha rainha?

Ela congelou, e as cores subiram-lhe às faces: "Bom dia, como estás?", perguntou ele, pegando na mão dela e beijando-a em sinal de saudação.

Ela fez olhinhos e respondeu com uma voz doce - OK, estou a ir.

- Onde?

- Que tolo sou eu, digo eu, com... Fiorella.

De certeza que toda a gente vai pensar que estivemos a fazer amor", murmurou James para si próprio, "porque não o fazemos outra vez?

- Já é muito tarde, dormimos muito tarde à noite e vejam as horas, não se preocupem, eu acordei durante a noite e disse à Francesca para dar o leite em pó ao bebé, não se preocupem, ela já o levou para o jardim para apanhar sol.

- Muito obrigada", disse ela, com um ar alterado, "vamos então tomar o pequeno-almoço.

Ele acenou com a cabeça, pegou na mão dela e saíram.

- Tinha-me esquecido, temos de tomar o pequeno-almoço rapidamente, vamos embora, não quero ver a cara da Julieth, quando ela chegar vai ser impossível ir embora, ela é insuportável.

- Depois do pequeno-almoço.

- Vamos no meu carro para as montanhas", disse ele.

- O seu motorista não se vai embora?

- É óbvio que não, somos os únicos a ir.

- E a tua mãe? - perguntou Harriet. - Está lá em cima com a minha avó, não quis descer, está de mau humor, é típico da minha mãe.

Passaram todo esse dia nas montanhas de Seattle. Divertiram-se imenso, a pequena Fiorella adorou ver a natureza e os trilhos e não queria voltar para trás por causa da cara.

- Que bonito, James, obrigado por nos trazeres aqui.

- Não tens de me agradecer por nada. Estou a morrer de cansaço, olha que o bebé adormeceu", disse ele enquanto seguiam pela Freeway para casa. Chegaram à residência e adormeceram, ambos na mesma cama, como dois verdadeiros amantes.

Passado algum tempo, desceram todos para tomar chá e, para sua surpresa, de uma das salas sociais da casa, ao fundo da sala, saíram a Sra. Sully e Julieth. James nem queria acreditar, muito menos Harriet, que estava toda desgrenhada e vestida com um vestido. James parecia um daqueles tipos que, mesmo que não se penteie o cabelo, fica elegante.

- Os pombinhos estão a levantar-se", disse a Sra. Sully.

A minha filha já está a chorar, vou dar-lhe de comer", disse Harriet para se ir embora e evitar uma luta certa, "e aquele bebé? - perguntou Julieth enquanto Harriet subia as escadas, - ela não respondeu.

James abanou a cabeça enquanto sorria, e a empregada trouxe algumas bebidas cidrais em copos.

- Querida, porque é que estás a fugir da tua amiga Julieth? -disse a Sra. Sully.

Harriet vislumbrou James sentado ao lado de Julieth a partir de um canto de um quarto do andar de cima, o que a deixou mal-humorada. "Ele vai-se fartar de mim e eles voltam", disse para si própria. - Olha para ti, Harriet", disse para si própria enquanto se olhava ao espelho da casa de banho, "o teu cabelo precisa sempre de ser passado a ferro para ficar meio bonito, mas ela nem sequer está assim tão bem vestida hoje e está mil vezes melhor do que eu.

Passou meia hora e, no fundo, ela estava a morrer de ciúmes, porque ele parecia muito sorridente com Julieth. O seu subconsciente dizia-lhe, por vezes, que ainda sentia algo por aquela mulher, e quem não sentiria? Com uma beleza daquelas, apercebia-se também que, mesmo que ela estivesse apaixonada, isso não lhe dava qualquer poder sobre ele, não passavam de velhos amigos, que estavam a escalar para uma relação de amantes. É triste, mas é verdade e, no fim de contas, seria mais um na sua lista. Porque, embora ele não demonstrasse rejeição por ela, também não demonstrava amor, excepto pelo seu tesão. Típico dos homens.

De repente, um dos criados bateu à porta do hall - Menina Harriet, o Sr. James pediu-me, se tiver um momento livre, para levar o bebé ao Sr. Hermes, ele já está acordado.

Ela acenou com a cabeça que iria, - ah! esqueci-me, o que faltava, e que a velha Julieth ainda vai tomar banho e ficar para jantar. É que ela é uma odiadora.

- Obrigada, Carmen", disse ela numa voz abafada, franzindo o sobrolho e pensando que teria de aturar aquela tipa e, para piorar as coisas, ir com o Sr. Hermes, que também não gostava muito dela. Harriet apercebeu-se de que James, apesar de ser seu avô, tinha desprezo por ele, ou pelo menos apreciava-o subtilmente, talvez por causa da dureza com que o tinha tratado em relação ao casamento. Por vezes, os ressentimentos corriam na família.

Harriet pegou no bebé ao colo e, nervosa, dirigiu-se ao quarto do patrão. - Entra, rapariga.

Aproximou-se do cadeirão que estava a alguns centímetros da cama do velho, - senhor, disse a criada que me chamou.

- Sim. Pelo que vejo, foi dar um passeio, foi o que a minha filha me disse, está muito bem bronzeado, pelo que vejo.

Ela acenou com a cabeça - fomos para as montanhas, foi ideia do neto dela.

- Isso é bom para o bebé, o ar fresco da montanha faz maravilhas. Já agora, o meu neto disse-lhe que queria ser...?

- Sobre o quê?

- Que queria ser marinheiro para ir à procura do seu pai.

- Não, ele nunca disse nada sobre isso. Ainda ontem, quando estávamos a caminho da gala, ele contou-me que o pai dele se foi embora porque a filha engravidou dele.

- A verdade, rapariga, é que eu o forcei, dei-lhe dinheiro suficiente para deixar a minha filha em paz, ele era daqueles que nunca vai fazer nada da vida, pegou no dinheiro e foi-se embora.

- Se assim for, não é muito moral o que fez.

Capítulo 26

- O que é que disse?

- Que não está certo o que fez, senhor.

- E com que base é que diz isso?

- Bem, nada, só que o James podia ter tido um pai e tu privaste-o de um. Pelo que me diz, só é responsável por si, e isso faz de si um homem mau.

Olhou para ela com olhos altivos e furiosos - confessou-lhe isso... certamente que o fez para me fazer parecer o mau da fita.

- Não, quando ele me confessou, o seu olhar disse-o: "Precisava de um pai", não de um ditador como tu foste com ele.

- Pára com isso, não tens nada a ver com isso", resmungou o velho, "e sim, e se eu te propusesse o mesmo negócio que fiz ao pai do James, aceitavas ou não? - perguntou ele com ironia.

- Faça a sua oferta, senhor", disse ela em tom de brincadeira, mas sem que o velho percebesse.

-$500.000 agora...

- De que é que estão a falar? - James interrompeu-a pelas costas, fazendo o coração de Harriet saltar uma batida. É óbvio que não era verdade que ela estava a aceitar dinheiro, era apenas uma provocação para o velho.

- Vamos deixar-vos a sós, vamos jantar, eu e a minha mulher.

- Espera, sabes uma coisa James, acabei de propor uma quantia à tua mulher para sair de casa e sabes qual foi a resposta dela?

Ele virou-se para a olhar assustado, dando lógica à última coisa que ouviu quando entrou no quarto - é verdade, Harriet?

- Não, claro que não.

- Não minta, menina, os seus olhos brilharam quando lhe perguntei quanto é que queria?

Embora James não estivesse assim tão surpreendido, pois já o tinham feito antes; tinham um acordo por dinheiro.

- A Julieth é demasiado boa, neto, para as criadas", sussurrou ele, enquanto o rosto de Harriet se desfez em raiva, mas ela conteve-se para não o insultar.

- Amor, aceitaste alguma proposta do meu avô?

- Não, eu só queria fazê-lo, para ver até onde chegaria a sua malevolência, vendo o que ele me contou sobre o casamento dos teus pais, era óbvio que também queria fazer o mesmo connosco.

- Não digas disparates, é o casal que decide e não as línguas estrangeiras, a minha filha não sabia como lidar com a sua relação.

- Não é verdade, obrigou-a a ter de decidir entre o pai do Tiago ou ficar na rua, foi isso que fez, destruiu a felicidade da sua filha e a felicidade do seu neto.

- Não sabes o que estás a dizer, a minha filha foi tomada pela loucura do amor e escolheu um pedreiro ou um marinheiro como companheiro, achas que a nossa família, sendo Marshall uma das mais ricas do mundo, aceitaria tão pouco? Bem, a resposta é mais do que óbvia, mas, mesmo assim, eu não fiz nada", refutou, respirando pesadamente.

James estava desconfiado, apenas a ouvir a discussão acalorada.

- Além disso, quando ofereci dinheiro ao pai de Tiago, ele aceitou de bom grado, achas que um homem que amasse a tua mãe Tiago faria isso? Claro que não, um homem que ama a sua mulher não anda por aí a aceitar dinheiro, mesmo que seja muito desejado, essa mulher devia deixar o Tiago, ela aceitou a proposta, é óbvio que não te ama, é falsa. -Neto, pelo que a Julieth me disse de manhã, apesar de ter aceite a minha proposta de dinheiro, vejo que ela está mesmo apaixonada por ti, parece mais madura agora, dá-lhe uma oportunidade.

- Não vou discutir mais, senhor, vou sair de casa agora mesmo com a minha filha, estou farta de estar em cenas destas, não interessa, levo a minha filha.

- Estás doido, a minha bisneta não sai de casa.

- Não conhece o contexto, Sr. Marshall, a Fiorella não é...

- Harriet, pára com isso.

James calou-a enquanto lhe agarrava no braço e a puxava rapidamente para fora do quarto.

- O que é que se passa contigo, não sejas tolo, queres estragar tudo ao dizeres estes disparates. Estavas quase a estragar tudo", disse ele, irritado.

- Tomam o partido dele sabendo que ele tentou subornar-me para me ir embora - uau! Que agradecimento eu recebo.

- Sabes bem que tenho uma família distante, mas eles só querem o dinheiro da minha avó, não posso censurá-la por tudo, não vês como ela está a morrer.

- Já chega, Tiago, não sei porque não acreditas no que te digo, se o teu avô não tivesse feito isso, talvez agora fosses muito feliz com o amor da tua vida e tivesses bebés lindos", disse ela irritada, enquanto se virava e saía para o quarto de Fiorella, que ficava a uns vinte metros de distância. Tiago seguiu-a, mas ela fechou a porta e não a abriu.

Ficou parada, a pensar no que o homem lhe tinha dito e, incrédula, a pensar como é que James não se tinha apercebido de que o homem tinha sido tão mau ao oferecer-lhe dinheiro para se ir embora, ao manipular as suas vidas a seu bel-prazer.

Não sabia porque é que a odiava tanto, se era por ser uma criada ou simplesmente porque sempre quis ter o controlo do seu neto, sem interferências.

Passado algum tempo, com as emoções sob controlo, acalmou-se e recuperou o juízo. Sabia que, se as coisas continuassem a complicar-se com o Sr. e a Sra., não teria outra alternativa senão ir-se embora ou acabaria por ficar doente e o dinheiro que tinha poupado não seria suficiente para a curar. Por isso, decidiu fazer a segunda opção.

Veio-lhe à cabeça a ideia de preparar tudo para partir. Era demasiado humilhante ser humilhada por causa do seu estatuto social, por ter sido criada e por ser pobre. Só queria que a Fiorella acabasse a sesta e ela iria embora. Nesse momento, James entrou e sussurrou: "Não podes fazer isso, Harriet, não podes fazer isso.

- O que queres que te diga, James, eu digo, não podes evitar, se quiseres, leva o dinheiro das compras, está tudo na cómoda do teu quarto. - Disse ele com uma voz embargada.

- Vamos! Vamos falar lá fora, não quero incomodar a rapariga.

Ela não lhe apertou a mão e dirigiu-se para o seu quarto.

- Era tudo uma brincadeira minha, eu nunca aceitaria dinheiro, e fi-lo para...

- Eu sei.

Antes que pudesse terminar a palavra, James despiu-se, vestindo umas calças de ganga justas e uma T-shirt. Harriet ficou simultaneamente zangada e curiosa ao olhar para a figura de James enquanto ele se aperaltava ao espelho. Também evocou o que tinham feito ontem à noite, e isso dissipou cada vez mais a raiva.

Nessa noite, ao jantar, Harriet não disse uma palavra, comeu em silêncio, não estava contente nem com James nem com a patroa, e muito menos com o avô.

Ela limitava-se a ouvir tudo o que a mãe dizia sobre as viagens e os projectos de Julieth. E dizia-o deliberadamente para que Harriet se sentisse mal e a humilhasse ainda mais, e ela limitava-se a ouvir, tentando apagar tudo da sua mente. Depois do jantar, ele deu a desculpa de que ia dar de comer a Fiorella. Subiu as escadas e olhou-a com ternura, "a minha menina". Enquanto sussurrava para si próprio: "Não preciso de mais ninguém, tu e eu partiremos em breve, para longe daqui... com o que poupei, estaremos bem, pelo menos durante um ano... o suficiente para cresceres, minha princesa", suspirou.

- Como eu queria que o teu pai estivesse vivo", disse ela, "pensei que isto fosse temporário, mas aquelas pessoas não mudam, querem tornar a minha vida impossível e eu pensei que o James me amava, fui uma tola, ele vai estar sempre do lado da família e isso é normal, eu não sou mais do que uma empregada.

A rapariga adormeceu e ficou quieta, a ver o pôr-do-sol ao longe reflectido em Smith Lake, lembrando-se de tudo o que vivera com Louis, por quem, embora não o amasse, sentia um carinho imenso, e pelo menos sentia-se mais em paz com ele do que com James, que a fazia sentir-se como ninguém, mas cheia de momentos agridoces, por causa do falso casamento deles. Ela sabia que, mesmo em criança, ele não a levava a sério como amiga, e talvez por virem de mundos diferentes; ela era da classe baixa e ele da classe alta. Impossível conciliar as diferenças.

De repente, James entrou: - Harriet, não precisas de te zangar, eu não fiz nada, vem comigo.

Ela, com evidente aborrecimento, respondeu - está bem, - só para não discutir e acordar a filha.

Capítulo 27

Quando chegaram ao quarto, James beijou-a, ela não conseguiu dizer não nesse segundo dia, tinha-se tornado para ela como um feitiço os seus beijos, incomodava-a sentir-se apaixonada por ele por tudo, mas ao mesmo tempo a paixão apoderava-se dela de tal forma, que só com o seu cheiro, fazia tremer as suas coxas, que ela cooperava em tudo. Pelo menos dizia a si própria que ia desfrutar dele enquanto durasse, era essa a sua resignação.

Depois de fazerem amor, ficaram a olhar um para o outro com as mãos entrelaçadas, - não ligues ao que os outros dizem, Harriet, por favor, promete-me uma coisa, para não nos aborrecermos um ao outro, promete-me que não me deixas sem acabar o que prometemos, por favor.

- Prometo", disse ela enquanto se encostava ao peito dele e o beijava nos lábios. Bem, isso diz muito", disse ela.

- Sabes, o teu avô disse-me que querias ser um navegador como o Sinbad quando eras mais novo.

Ele pôs o seu semblante sério, - Como?

- Porque o teu pai era assim, trabalhava num navio de cruzeiro à volta do mundo, algo como um cão de mar.

- Ele disse-lhe isso?

- Sim.

- Quando é que vamos dar uma volta no teu iate que me mostraste no outro dia na pequena doca ali?

- Em breve", disse ele, e correu para junto dela na cama e deu-lhe um abraço.

- Mal-humorado, fica zangado com tudo.

- Tu és pior.

- Eu?

- Sim, tu mais, mais", disse ele, fazendo beicinho. - Zangado, egocêntrico e arrogante.

- Eu? há quem diga que sim", brincou.

Depois de se divertirem e de se beijarem, estavam os dois deitados de costas a olhar para o horizonte que escurecia no fundo do lago.

- Trabalhas muito, James, e nunca descansas.

- O meu avô era pior, vinha sempre até às 12 horas da noite, essa disciplina tornou-o tão rico, mas isso vai ter de ser diferente quando ele se for embora, tudo vai mudar", confessa um pouco melancólico.

- Porquê?

Ele não respondeu, apenas respondeu a si próprio que teria a liberdade de fazer da sua vida o que quisesse sem a tutela rígida de um autoritário, para além de que finalmente escolheria a mulher dos seus sonhos com quem fazer a sua vida. - Enfim, vamos dormir um pouco, foi um dia muito cansativo", disse ele apagando o candeeiro, "ha! última coisa, amanhã a Julieth virá outra vez, por isso, prepara-te, boa noite.

Os olhos de Harriet estavam arregalados, não sabia o que pensar, por momentos quis desaparecer, mas a promessa que acabara de fazer de não o deixar impediu-a. Pensou então em fingir-se convalescente para não ver aquela mulher odiosa. Fechou os olhos e adormeceu.

Por volta das 8 horas, depois do pequeno-almoço, Harriet levou o bebé para o enorme jardim. Não havia jardineiros àquela hora, ela gostava de estar sozinha. James aproximou-se e despediu-se por um momento, pois ia sair durante algum tempo. Passado um momento, estavam a brincar com as flores, mãe e filha, o sol quente a bater-lhes no rosto, sentadas na relva. De repente, um barulho de saltos altos distraiu-a, ela virou-se e era a Sra. Sully a descer o caminho de pedra até onde elas estavam.

Ela engoliu e recebeu-o com um sorriso genuíno mas sério.

- A apanhar flores? - perguntou com arrogância e ironia.

- Perguntei ao James se podia... era só um casal, pedi desculpa...

- É pena, ela ainda não sabe nada.

- Os bebés aprendem senhora, vejo que não os ama de todo.

- Não posso dizer que sim nem que não, mas não suporto chorar e tenho tendência para não me aproximar demasiado.

- Se não gosta, minha senhora, eu compreendo, mas não podia negar que tem um filho e que era um bebé muito bonito, sem dúvida.

- O dinheiro compra muitas coisas, mas não o tempo... por isso tive muitas amas...

Harriet perguntava-se como é que ela podia dizer que, sem mais nem menos, não queria criar James como uma mãe?

Em seguida, dirigiu-se a umas flores vermelhas.

- Flores muito bonitas", disse Harriet, tentando fazer conversa.

- Sou alérgica a rosas", murmurou, "mas vim cortar algumas para a sala de estar, a Julieth gosta destas e vou pô-las no vaso.

- Oh, estou a ver, estou a ver, minha senhora, flores muito bonitas desse género", disse eu, mas interiormente, "não deixe que a bruxa venha.

A senhora olhou para Fiorella por um momento e confessou: "Não me lembro do meu filho James em pequeno, lembro-me dele em criança, quando brincava nos jardins da casa em Nova Orleães, brincava à volta de um bosque de árvores junto à mansão onde vivemos. - Depois, virou-se para cortar uma rosa e colocá-la num vaso, uma a uma, e disse: "Talvez penses que não gosto do meu filho, por causa da minha frieza, bem, deixa-me dizer-te que estás enganada, rapariga.

- Se assim for, ele consegue disfarçar perfeitamente", murmurou.

A senhora parou por um segundo, mas não se virou e continuou a cortar outra flor, - Não sou de andar por aí aos beijinhos, o amor não precisa de ser demonstrado assim.

- Sim, mas às vezes é bom pelo menos receber um abraço de alguém, uma demonstração de apoio.

- Tu não sabes nada, eu estive sempre lá a dar-lhe a mão.

- Se tu o dizes, então porque é que ele me procurou e me pediu falsamente em casamento, só para fazer o que o avô queria ou pelo menos desafiá-lo, ele detesta ser tratado como uma criança, além disso devias apoiá-lo mais, sabemos muito bem que isto não é real, não sei porque é que ele está tão determinado a tornar a minha vida miserável.

A Sra. Sully virou-se por um segundo, - não sabe nada sobre nós, não sabe como as coisas realmente aconteceram.

- Eu sei, minha senhora, mas estou apenas a avisá-la de que não me vou embora, mesmo que me ofereçam novamente números de vários zeros, como o seu pai tentou fazer.

O pai de James, Jacob Eu amava-o, éramos muito novos quando me meti na aventura, pensava que sabia tudo, mas estava enganada. Sempre fui milionária e quando o Jacob me disse para ir com ele, não sei, não queria ser pobre toda a minha vida, apesar de o amar. - murmurou ela, pensativa, por detrás das costas, - mas ao contrário de ti, tu foste pobre, e apesar de o meu filho ser demasiado e cobiçado, fizeste-o pelos seus milhões, não me enganas, e queres mesmo convencê-lo a ficar com ele depois do negócio, - assegurou ela.

- Admito que tem razão, minha senhora, mas só aceitei, porque estava à espera da Fiorella, além disso, bem, não é da minha conta, minha senhora, não quero discutir, só quero avisá-la que não vou ficar aqui muito tempo, em breve terá paz de espírito com a minha presença, isso é certo - disse Harriet um pouco quebrada no seu tom de voz, mas escondendo-o para não parecer fraca. - A verdade é que eu adoraria que não houvesse atritos entre nós, minha senhora, não há ódio da minha parte, mas isto tem-me dificultado as coisas, acredite, não estou a tramar nada com o seu filho, deixá-la-ei quando tudo estiver terminado.

Olhou para ela com menos ódio e disse: "Quem me dera poder dizer que sim.

Depois, numa proposta inesperada, Harriet disse: "Sra. Sully, quer ao menos pegar no pequenino?

Ela olhou para ela com uma cara de "O quê?", depois abanou a cabeça como se não quisesse, mas concordou. Ficou com a criança, acariciando-a durante alguns minutos, depois, por orgulho, o seu temperamento voltou e entregou-a a Harriet.

- Estou a ficar atrasado", disse ele, cauteloso, e saiu imediatamente pelo caminho por onde tinha vindo, hesitante com a cena que acabara de fazer.

Passado algum tempo, James regressou e brincaram na relva durante a maior parte da tarde, como uma família feliz.

Às seis horas, Harriet tinha adormecido no sofá ao lado do berço do bebé. Levantou-se rapidamente, o bebé ainda dormia, mas ela não podia acreditar, Julieth, a ex de James, tinha chegado e ela estava numa frente. Vestiu o que pôde, penteou-se o melhor que pôde e preparou-se para descer para jantar, coisa que não queria fazer. Havia mais pessoas lá em baixo, e ela ia ser o centro das atenções quando descesse e não gostava disso, especialmente porque não se vestia como devia. Também não gostava da ideia de voltar a estar em frente daquela mulher que certamente fazia o marido sentir coisas, recusava-se a pensar que voltariam, mas era inevitável, ela não era nada como ele.

Cerrou os dentes e desceu as escadas. Ao atravessar a sala de estar para o fundo da sala, olhou para algumas pessoas desconhecidas, mas não para James. Aproximou-se e, antes que Harriet pudesse fazer-lhe uma pergunta, olhou para ele e sorriu de forma zombeteira, devido à roupa que trazia vestida e ao seu aspecto desalinhado: "Minha querida, suponho que conhece a Julieth", disse ela, grogue.

- Sim, eu vi-o ontem, Sra. Sully.

Ela sorriu um sorriso hipócrita como o de Harriet e acenou-lhe.

- E o seu filho, Sra. Sully?

-No escritório, ele está a ter uma conversa telefónica com alguém importante", respondeu Julieth por Sully. Depois de alguns minutos embaraçosos e das gargalhadas dos convidados, James entrou: "Desculpem a demora na negociação.

Os olhos de Julieth devoraram-no, e o pulso de Harriet acelerou ao vê-lo à sua frente, especialmente porque a sua concorrência estava lá.

- Estás linda, meu amor", disse ele enquanto a beijava, depois cumprimentou Julieth que, sendo perita em manipulação, se levantou, abraçou-o e deu-lhe um roçar de lábios que inflamou internamente os ciúmes de Harriet.

- Muito obrigado, James, por me ter convidado para esta noite.

- Não precisas de me agradecer, a honra é minha, além disso, apesar de não sermos nada, já te considero uma boa amiga", disse ele num tom sério. - E olha para ti, estás super bonita.

Harriet estava a morrer por dentro, como é que James não lhe dizia que ele era o culpado e o responsável por a ter convidado e por a ter colocado no local? O facto de ele olhar fixamente para o chão durante segundos fazia com que ela tivesse vontade de fugir, porque se sentia tão pouco ali. Além disso, recebeu mais elogios. Obviamente, para James, isso indicava que ela era atraente, mas não em comparação com a escultural Julieth.

Por isso, conteve-se e aproveitou a noite. Na verdade, ficou surpreendida por, por uma vez, todos terem vivido juntos sem comentários mordazes e desbocados. No entanto, as insinuações de Julieth eram evidentes, ela até convidava James para dançar ao som de canções sensuais e Harriet limitava-se a sorrir com ar de malícia, o que não lhe agradava, mas fazia parte do espectáculo.

- Soube em Itália que o teu avô James estava doente, quis vir, mas a tua mãe não quis, disse-me que ele tinha estabilizado", sussurrou lentamente.

- Obrigado pela sua preocupação, como eu disse querida, foi terrível, mas ele está a ultrapassar isso, normalmente dorme a maior parte do dia devido à dureza da doença.

- Tiago, já te pedi desculpa pelo erro que cometi, só falta dizer que o fiz, não pelo dinheiro que pensavas ser do meu interesse, fi-lo porque te amo, amo mesmo, acredita. E volto a pedir desculpa.

A boca de Harriet abriu-se. - Que atrevimento", disse para si própria, "como é que ela pode dizer aquilo assim, é uma puta. Por um segundo, pensou em puxar-lhe os cabelos para o chão, mas conteve-se. Ela estava a tornar-se perita em conter a sua raiva.

- Gostaria de voltar a falar com ele, se não for incómodo para ele", disse Julieth com ar de quem está a brincar.

- Claro que não, querido, como podes ser um incómodo", disse a senhora, "és sempre bem-vindo; não como os outros, considero-te parte da família.

James acenou com a cabeça.

Podemos ir tomar uma chávena de chá e conversar", disse Sully novamente.

Harriet interrompeu com raiva e saiu - ei, James, diz à Julieth que estás a pensar comprar um iate gigante, para nos levar a fazer um cruzeiro no mar.

A senhora levantou a cabeça com raiva e olhou-a friamente, com o seu olhar assassino a brilhar a cada segundo.

- Não digas disparates, rapariga, sonhos são sonhos, não se realizam para a ralé.

James lançou-lhe um olhar de lado e disse: "Acabei de dizer isso? Não me lembro.

- Não exactamente, mas com isso gostaríamos de ir para o mar sozinhos, para desfrutar do nosso amor, eu digo, porque não?

- Ninguém precisa de um iate se nunca o vai usar, ele já encalhou vários", disse a mãe, "além disso, tanto quanto sei, o James não gosta muito de barcos, pois não, filho?

- James hesitou um pouco e Harriet respondeu por ele: - Bem, o teu pai disse-me que gostava deles, acho que porque o pai dele era tripulante, ou estou enganada.

Capítulo 28

- Uau! Não sabia estas coisas sobre o teu filho.

- Só a conheço há alguns meses, Sra. Marshall.

Levantou o queixo e olhou para ela com cautela.

- Mudemos de assunto, ninguém vai comprar nada, muito menos um iate", disse a senhora.

Passados alguns momentos, foram para o quarto do Sr. Hermes, Julieth e a senhora subiram as escadas, James pegou na mão da mulher e repreendeu-a.

- Não havia necessidade de dizer isso sobre o iate, qual era a razão?

- Perdoem-me, mas já estava aborrecido com o facto de estar ali a aquecer o meu lugar.

- Não tens de andar por aí a dizer coisas... se estivesses aborrecido, terias ido para o teu quarto.

- Com o facto de me ignorares durante toda a conversa.

- Mas o que é que te fez pensar que eu queria que te metesses com ela, eu só queria que a Julieth te visse", disse ele, e depois quis beijá-la, mas ela recusou. Ele lançou-lhe um olhar duro e dirigiu-se para as escadas.

-Ah," disse ele do meio dos degraus, "espero que não haja outra cena como essa, em que inventas coisas que não são verdadeiras. - Tens ciúmes da Julieth Harriet? - acrescentou, virando-se para ela.

- Não digas asneiras, ciúmes de mim? se não és nada minha, uma coisa é eu ser tua? - expressou sem terminar a frase.

- É melhor irmos lá para cima, o meu avô vai ficar incomodado.

———Segundos depois, no quarto do Sr. Hermes———-

- Não é giro, filha, que a mulher e o ex estejam no mesmo quarto? - disse ele, enquanto gargalhava,

- Porque é que dizes isso, avó? Isso foi há muito tempo, não é relevante.

- É bom tê-la aqui, Julieth, é muito bom tê-la aqui", disse ele, "e a sua Harriet acabou de sair, a bebé Fiorella, a enfermeira trouxe-a até mim, eu pedi-lhe com jeitinho.

Ficou surpreendida, porque não sabia que a sua filha tinha estado com o Sr. Hermes.

- Nunca na minha vida pensei que tivesses uma bisneta", comentou Julieth.

Harriet olhou para ela por um momento, receando que a sogra entornasse a sopa à frente dela e do Sr. Hermes e estragasse tudo. Mas a senhora portou-se à altura da tarefa.

- Em breve vais contar-me, avó", riu-se James, "costumavas zangar-te comigo por eu dizer isso, lembras-te?

- Sim, Tiago, mas não se pode comparar o que sou agora, com 80 e tal anos, com o tempo em que ainda era jovem e detestava sentir que estava a envelhecer. Agora, pelo menos, admito-o, só quero viver o tempo suficiente para ouvir a minha bisneta chamar-me tata ou abue.

Harriet e James trocaram olhares, ela ficou comovida com as palavras dele, pensou "uau, se isso o faz feliz, qual é o objectivo de mentir". James acenou com a cabeça, inclinou-se para mais perto dela e sussurrou-lhe sem ouvir - eu disse-te - eu disse-te - eu disse-te.

Saíram todos depois de escurecer, e o James e a Harriet ficaram lá em baixo a comer um bolo e depois foram para o quarto.

-Harriet, muito obrigado, hoje fizemos o avô feliz, ouviste o que ele disse e o seu olhar de felicidade quando menciona a Fiorella? ele vê-nos unidos.

- Sim, ele está feliz por pensar que a Fiorella é sua bisneta e que a ama muito.

- Sim, é por isso que acho que vale a pena esperar até ao fim.

-Além disso, fiquei surpreendido por não ter havido nenhuma discussão com o teu avô hoje, bem, se deixarmos os seus comentários para trás.

- Calma, vejo que a minha mãe diminuiu a intensidade dos comentários que lhe fez.

- Se reparei nisso, também não posso esperar que a amem.

Ele sorriu.

- Qualquer um pode dizer, mas tens bom gosto Julieth, tenho de admitir.

- Porque é que dizes isso com as mãos na cabeça? Tens ciúmes?

- Claro que não, James, repito, Julieth, ela é demasiado bonita, qualquer pessoa gostaria de ter uma namorada assim, viste mesmo o teu avô, como ele se encaixa perfeitamente com ela, todas as famílias querem uma mulher assim para os seus filhos. E se tu sentes amor por ela, não há problema para mim.

- Não te lamentes por coisas dessas, os elogios que lhe fiz e que ouviste são verdadeiros, acho-a linda, mas já não sinto nada por ela", disse ele, enquanto a beijava ternamente de lado. E estava a começar a acender-se.

Nos dias que se seguiram, Harriet permitiu que Fiorella passasse horas por dia com o seu "bisavô", que até lhe comprou bonecas a pilhas para brincar quando estava com ele. Além disso, ele contava-lhe histórias que, embora ela não entendesse, se divertia muito com as caretas e as caras do homem.

Naqueles dias, a Sra. Sully fazia coisas que surpreendiam Harriet; como levar a filha ao colo a pedido dela e não dizer nenhum comentário irritante, assim como fazia a sua parte ao não fazer nenhum conteúdo sobre James ou o pai de Julieth, pois o interesse que ela estava a ter pela filha era invulgar e isso era perfeito para manter a festa em paz até depois de ele se ir embora.

- Harriet, vens comigo comprar o que disseste na conversa do outro dia.

- O quê?

- O iate, um iate grande, mas que eu posso tratar sozinho e que não precisa de mais ninguém. A uma hora daqui há alguém a vender um que o meu assistente encontrou, e é exactamente como eu quero.

Passaram quatro semanas e James e Harriet continuaram iguais no papel, ele fazia amor com ela todas as noites e ela apaixonou-se ainda mais, mas ele nunca lhe disse na altura que era o amor da vida dela. Fiorella continuou a viver com o Sr. Marshall até sábado, 12 de Maio de 2007, altura em que o Sr. Hermes Marshall morreu de madrugada. No dia anterior, Fiorella tinha estado com ele e tinha-o feito rir muito e, durante todo esse tempo, Harriet nunca mais discutiu com Sully.

James foi o primeiro a descobrir e foi para o quarto da mãe no andar de baixo, que aceitou resignadamente o facto e chorou o dia todo. Harriet apercebeu-se disso e isso partiu-lhe o coração, pois ela sabia como era perder alguém, já o tinha experimentado com a sua mãe.

Naquele dia, estavam presentes personalidades de todos os tipos de Seattle e telefonemas da Europa e do resto do mundo. Harriet ficou surpreendida com o número de pessoas que conheciam o Sr. Marshall, tão poderoso nos negócios como ele tinha sido. Ela não desceu durante todo o dia, excepto quando James lhe foi contar as novidades, mas não quis intrometer-se e deixou tudo fluir e ele recebeu as pessoas e o resto da família. Não o acompanhou porque ele não lho pediu e, por respeito, não insistiu.

Passadas algumas horas da tarde, Harriet desceu as escadas porque estava preocupada com a mãe de James, que estava no seu quarto e não tinha comido durante todo o dia. Tocou à campainha, mas não obteve resposta, por isso abriu-a sozinha; e a senhora ficou imóvel, a olhar para o lago Smith, com os olhos provavelmente inundados de lágrimas.

- A Sra. Marshall gaguejou: "Quer comer alguma coisa?

- Não.

- Mas vai ser mau para ele se não o fizer... já são 5 horas e ele ainda não comeu nada.

-Não insista.

Sully aproximou-se da beira da cama com as costas viradas, - Não acredito que o meu pai está morto, apesar de o ter previsto, tantas recordações e de um dia para o outro desapareceu, - disse, - Não me apetece comer, agradeço, mas não me apetece. Nos últimos momentos do meu pai, vi-o alegre com a tua filha, fi-lo rir muito mais do que o vi rir nos últimos dois anos.

A Harriet sentiu-se orgulhosa da Fiorella, - sim, a minha filha também é muito risonha, vi-a nas duas últimas semanas a rir muito.

- Sim, mas amanhã será uma história diferente", disse ela, com as lágrimas a brotarem de novo.

Harriet esperou em silêncio.

Nesse momento, para surpresa de Harriet, Julieth rodou a maçaneta da porta e entrou com uma excitação tão falsa como ela.

- Minha querida e bela senhora, peço imensa desculpa", enquanto passava por Harriet, que permanecia imóvel no meio do quarto. Sully prestou-lhe atenção, levantou-se da cama e abraçou-a. - Obrigado por teres vindo, querida, agora és muito solidária", e começaram a chorar outra vez.

- Vou-me embora", disse Harriet, ignorada por ninguém a ter parado. Ela reparou na indiferença que continuava a provocar.

Ao sair, viu ao longe pessoas a entrar e a sair, na sua maioria pessoas ricas.

Naquele momento, não sentiu nada, ninguém a tinha questionado durante todo o dia, nem mesmo James, muito menos os que estavam de serviço, mas apercebeu-se. "Recomeçar a minha realidade" - pensou. Era o último dia do acordo desde que o Sr. Marshall tinha morrido.

Ela entrou no quarto de James e esperou por ele, mas ele não apareceu nessa noite nem na manhã seguinte. A mensagem era clara para ela: o seu acordo tinha chegado ao fim.

Na manhã seguinte, fez as malas e pediu a Michael que a levasse ao aeroporto de Seattle, pois ia viajar para o local onde tinha nascido.

Quando Michael respondeu: "Porquê? - ela instruiu-o para não perguntar e ele acenou com a cabeça. - Às cinco horas, havia alguns convidados ao fundo da sala que Harriet não conhecia, pelo que sairia sem ter de se despedir de ninguém. Ela descia com a sua filha ao colo e o motorista com a mala.

- Onde é que vai?

- Vou-me embora, Catarina, obrigado por me tratares bem, lembrar-me-ei sempre de ti.

- O quê? Mas como, menina?

Com uma voz cortada, disse - está na altura, o nosso acordo acabou.

- Não pode ser, lamento imenso por tudo. Espero que recuperes disto. - comentou a governanta, um pouco indignada, enquanto lhe dava um abraço carinhoso.

Nas traseiras, a mãe de James olhou para ela com alegria, levantou-se e dirigiu-se a ela - "Harriet, como é que te vais embora assim tão depressa?

- Ela olhou para cima - sim senhora, o meu trabalho está feito aqui, como lhe prometi....

- Bem, não sei o que lhe dizer, a verdade é que a sua menina foi responsável por fazer o meu pai feliz nos últimos dias, e agradeço-lhe muito por isso. O meu filho James vai casar-se em breve, é bom que saibas.

- Não se preocupe, minha senhora, é tão óbvio que eles gostam um do outro, pode fazê-lo, além disso, sabe muito bem que isto foi um acordo, ele tem um direito real, é por isso que estabeleci os meus limites para não me zangar - disse ele - mas no fundo o seu coração estava a morrer de dor e a sua alma estava partida.

Harriet também sabia que James, desde a morte do avô, tinha estado fora durante dois dias e nem sequer tinha falado com ela. Despediu-se da mãe de James e saiu para a rua, com as lágrimas a correrem-lhe pela face. E, o melhor que pôde, limpou-as enquanto esperava dentro do carro. O Michael estava a falar do resto das coisas.

- Pelo menos voltámos à nossa realidade", disse ela a Fiorella enquanto a abraçava ao peito. O motorista arrancou e Harriet desejou por um momento, enquanto o carro se afastava, ver James a correr e a tentar impedi-la, mas sabia que era apenas um sonho. Harriet derramou lágrimas durante todo o caminho até ao aeroporto, desejou que tudo não passasse de uma maldita ilusão, mas não, era tão real como o ar. Saber pela boca da Sra. Marshall que James ia casar com Julieth partiu-lhe o coração como nunca antes, mas não era mais do que ela merecia por se ter apaixonado por ele.

Dez horas depois, partia de camião para a sua cidade natal, para casa da mãe. Longe estavam os luxos e os sonhos, pelo menos com as poupanças dos últimos meses, naquela cidade podia viver sem trabalhar durante um ano e meio antes de voltar ao que era; empregada de mesa, ou trabalhar em qualquer coisa, tudo para sustentar a sua princesa.

Dois dias depois, ela estava na aldeia onde cresceu, com o coração partido. Pelo menos, estava finalmente a respirar paz e sossego fora de Houma. Era Primavera, a paisagem era linda, mas a sua alma sentia-se vazia, sem James.

Uma semana depois, resignada com a sua realidade, Harriet não quis gastar as suas poupanças e começou a procurar emprego. Na cidade, encontrou um emprego muito mal pago, mas pelo menos podia sair mais cedo para estar com a filha. O emprego era como lavadora de pratos e empregada de mesa num pequeno restaurante de marisco perto da estrada.

A sua vizinha Hellen, que a conhecia desde criança, era quem tomaria conta da sua filha.

- Minha pequena Fiorella, esta vai ser a nossa vida agora, a mamã não te vai ver muito, mas eu amo-te - disse-lhe - vais ficar com a Sra. Hellen, ela é muito boa, tomou conta de mim quando eu era pequena e foi sempre simpática comigo, por isso a mamã vai trabalhar muito para te dar o melhor, não precisamos de pessoas frívolas, só preciso de ti, minha menina.

Uma tarde, enquanto Harriet lavava energicamente a louça, o gerente do estabelecimento disse-lhe: "Menina, está alguém à tua procura lá fora. Vai! Mas não demores muito tempo a conversar, tens muito que fazer.

- Eu?

- Sim, quem mais? Ele é um daqueles tipos que se vestem bem, por isso, trata dele.

Ao sair, ficou intrigada com o que viu a apenas seis metros de uma mesa onde estava o senhor de óculos.

Demorou muito, muito tempo a chegar lá - engoliu e gaguejou.

- O que queres James? O que posso fazer por ti?

- Porque é que se foi embora?

- Olha, acabou tudo entre nós, eu percebi tudo claramente, não preciso de me intrometer mais, esta é a minha nova vida, nada mudou, eu pertenço aqui e sempre pertencerei.

- Lavar a loiça?

- Então, há algum problema em que uma mãe lave pratos ou limpe casas de banho para dar o melhor à sua filha? Esquece o James, e se te casares não me venhas convidar", disse ela, enquanto as lágrimas lhe vinham aos olhos e as enxugava evidentemente.

Ele tirou os óculos e olhou para ela.

- Olha, eu tenho muito trabalho, estou a começar agora e não quero perdê-lo, tive muita dificuldade em encontrá-lo, se vieres pedir uma assinatura de divórcio estás à vontade, mas não tenho tempo para mais. - disse ela, virando-se para a cozinha.

-Não.

- Olha, desculpa ser rude, mas vou voltar ao trabalho.

Capítulo 29

Ele levantou-se e parou-a.

- Vá lá, não dificultes as coisas, James, dá-me os papéis e diz-me onde devo assinar ou pede aos teus advogados que o façam, casa já com a Julieth.

- Quem vos disse isso?

- A tua mãe.

- Que se lixe, mas eu nunca disse isso.

- Não.

- Claro que não, nunca o faria e por ciúmes foste-te embora? ter-me-ias dito, estava tão ocupada que nem tive tempo de dormir contigo outra vez, perdoa-me por não te ter dito.

Ela olhou para baixo aliviada - não, não foi por ciúmes, eu apenas voltei à minha verdadeira realidade, o nosso acordo estava feito.

Partiu-lhe o coração vê-la toda gordurosa, mas ao mesmo tempo mostrou-lhe do que a sua mulher era capaz; ela não desistia por nada e não implorava pelo seu dinheiro, o que a fez apaixonar-se por ele e ele ficou orgulhoso dela.

Alguns momentos de silêncio e James confessou, olhando-a nos olhos.

- Quero que venhas viver comigo, não há ninguém em casa, a minha mãe já se foi embora, além disso quero que vamos viver para Paris, lá o meu avô tem uma casa numa colina com vista para o mar, vai ser bom levar a Fiorella e vê-la crescer lá. Acabei de ver a Sra. Helen, ela falou-me deste lugar, foi por isso que a contactei.

Ela ficou emocionada ao ouvir tudo isto, nunca nos seus sonhos mais loucos tinha pensado que ele viria de tão longe para a procurar, e isso partiu-lhe o coração e confirmou o grande amor que ele sentia por ela.

- Mas e a Julieth?

- Ela não voltará a incomodar-se.

- Mas o nosso casamento era falso.

- Falsa? tem os elementos para dizer que é real, que estamos casados e que me amas.

- Sem ti e a Fiorella em casa tudo fica vazio, Harriet, é aborrecido para mim ir trabalhar sem ter alguém à minha espera à noite, sem me dar um beijo, sem embalar o bebé, quero que voltes para mim - confessou com olhos ternos, - quero estar casado contigo até sermos velhos, e ver a Fiorella e os outros que temos crescerem.

A garganta de Harriet ficou apertada e as lágrimas brotaram, o seu interior derreteu-se. Nunca imaginara que James sentisse algo por ela, e isso dava-lhe vontade de morrer.

- O quê? - sussurrou ela, deixando cair o pano onde estava a secar as coisas, - correu para James e abraçou-o com toda a força enquanto ele a segurava pela cintura a poucos centímetros do chão e a música de fundo de In the arms of the angel de Sarah Mclachlan animava o momento.

- Amo-te, Harriet, ainda não te disse, mas é verdade que me fazes tremer, apaixonei-me tanto por ti que já não há forma de o esconder", disse ele enquanto lhe limpava os olhos com os dedos.

- Devias ter-me dito mais cedo, palerma", disse ela a chorar, com o rosto apoiado no ombro dele e ele a limpar-lhe as lágrimas.

- Amo-te Harriet, amo-te, - também te amo desde a primeira vez que te vi.

Depois beijaram-se durante alguns segundos.

- Pegou na mão dela e perguntou-lhe.

- Tu e a Fiorella vêm comigo a Paris?

Ela olhou para cima e disse sem pensar: "Claro, claro, contigo até ao fim do mundo. Ela abraçou-o e beijou-o: "Vamos, meu amor, vamos embora daqui", enquanto deixavam um gerente irado e zangado, ordenando-lhe que voltasse.

No caminho para casa, Harriet gritava de excitação, não podia acreditar que James a amava realmente e que o seu casamento seria para sempre. Embora a sua filha nunca viesse a conhecer o seu verdadeiro pai, ela sabia que James a amava verdadeiramente e que lhe daria a melhor coisa que alguém lhe poderia dar: amor.

- Vou ser sincero, antes de me pedires para fazeres amor comigo, sempre te quis, porque sempre foste o amor da minha vida", olhou para ela enquanto conduzia, pegou-lhe na mão e sorriu-lhe: "Ena, fui completamente tolo por nunca ter percebido, sempre tive o amor à minha frente e estava cego.

-Desde criança, quando nos conhecemos em 1994, apaixonei-me por ti, mas nunca pensei que nos voltaríamos a encontrar e foi como algo irreal, como se o destino nos tivesse juntado de novo. Nunca reparaste em mim, mas sempre estiveste no meu coração...

- Desculpa, minha querida, fui um tolo, mas agora tens-me para sempre, seremos uma bela família, vou tratar disso.

Entrelaçaram as mãos e ele conduziu até onde estava Fiorella. Ao saírem da aldeia, despediram-se de Hellen e, antes de apanharem o avião para Paris, ele disse-lhe: -Não te preocupes com a minha mãe, ela tem os seus lugares, sei que gosta de Fiorella, já sabe de tudo, e é só uma questão de tempo até te aceitar, virão mais filhos... - sorriu-lhe enquanto o avião levantava voo para Paris, para a nova residência onde viveriam durante alguns anos.

O casal James Marshall e Harriet Brown morreu a 25 de Agosto de 2019, eram um casal feliz em todos os momentos até que a morte os levou juntos num acidente de avião. Deixaram 4 filhas, incluindo Fiorella, e herdeira da fortuna Marshall. A Sra. Sully Marshall morreu no Verão de 2016 e despediu-se da sua neta preferida, Fiorella, que é quem conta esta história.